心の瞳で見つめたら

JN052420

原淳子 訳

THROUGH JENNA'S EYES
by Kristi Gold
Translation by Junko Hara

mira

THROUGH JENNA'S EYES

by Kristi Gold

Copyright © 2007 by Kristi Goldberg

All rights reserved including the right of reproduction in whole or in part in any form. This edition is published by arrangement with Harlequin Enterprises ULC

All characters in this book are fictitious. Any resemblance to actual persons, living or dead, is purely coincidental.

Published by K.K. HarperCollins Japan, 2022

心の瞳で見つめたら

おもな登場人物

ジェンナ・フォーダイス――令嬢
アヴェリー・フォーダイス――ジェンナの父親。大物実業家
ジョン・デイヴィッド――ジェンナの息子
デイヴィッド――ジェンナの元夫
ジンジャー――デイヴィッドの再婚相手
ローガン・オブライエン――送迎サービス会社経営
ダーモット、ルーシー――ローガンの両親
デビン――ローガンの兄。医師
ステイシー――デビンの妻
エイダン、ケビン、キーラン――ローガンの兄弟
マロリー――ローガンの妹
ヘレナ・ブレナン――ローガンの元恋人

1

電話というものは必ず不都合なときに鳴る。そんなことはローガン・オブライエンはとっくに学んでいた。たとえば、今日はもうすませたがシャワーを浴びている間とか。残念ながら今夜は予定がないものの、セックスの最中とか。今回は野球の延長戦のとちゅうで、これも最悪のシナリオのランキング入りをしている。

リモコンでテレビを消すと、ローガンは電話をつかみ、いらだたしげに答えた。「もしもし」

「お邪魔してすみません、社長。ですが、困った事態が発生しまして」

気のいいボブ。ローガンの右腕だ。警官を定年退職したこの男は、問題が起きるたびに、まるでシークレット・サービスの特別任務についているかのような口のきき方をする。ヒューストンの富裕層のために運転手として働いているのではなく。

「もう遅いよ、ボブ。今、野球を見ているところで、一時間前に帰ってきたばかりなんだ。うちのリムジンやセダンが、全車いっぺんに故障したという話でもなければ、きみが処理してくれ」

「車に乗せてもらいたいという、どうやら酒に酔っているらしい女性がいるんです」

ローガンの会社で働いている者がそういう事態にでくわすのは初めてのことではない。

「で、どういう事情で、この件がぼくにとって大切だってことになるんだ?」

「ジェンナ・フォーダイスなんですよ」

すばらしい。VIPのクライアント、アヴェリー・フォーダイスの娘だ。ローガンの会社は、大企業や個人向けに移動用の送迎車を手配している。フォーダイスが送りこんでくる、ほかの客の注文も、もちろん受ける。

「カルヴィンはどうなんだ?」

「あの男は今夜は非番です。できることなら、わたしが行くんですが、新郎新婦とその付き添いたちを空港に送るのに待機しているところでして。それに、フォーダイスのおやじさんは社長を信頼していると思ったんで、この件は――」

「わかっているよ、ボブ。ぼくは彼の息子のようなものさ」下着姿でゆっくりくつろぐ夜もこれまでだ。「引き受けるよ。彼女はどこにいるんだ?」

「ラ・ダンサというクラブです。場所は――」

「知っている」この一年の間に何度も行ったことがある。この数週間は行っていないが。せめてもの救いは、そのナイトクラブが、街の中心部にあるローガンのコンドミニアムから三キロぐらいしか離れていないことだ。だが、ジェンナが今も住んでいるフォーダイスの屋敷は、車でたっぷり三十分はかかるところにあり、土曜の夜で道路が込んでいれば、もっと長くかかるだろう。

「クラブの用心棒が五分ほど前に配車依頼の電話をしてきました。迎えが来るまでジェンナに付き添って待っているそうです。かなりひどい状態だと思います」

ローガンには少しも意外な話ではなかった。そのクラブは強い酒を出すことで知られている。社交好きの細身の女性なら、一、二杯のマティーニで酔いがまわってしまう。

「よし、すぐに出る」

電話を切ると、ローガンは二階に駆けあがり、薄いブルーのTシャツとジーンズを身につけ、ブーツをはいた。社員たちには仕事中に絶対許さない服装だった。しかし、フォーダイスの跡取り娘が酔っぱらっているのなら、おそらく迎えの男の身なりなど気がつかないだろう。たとえ、彼女にとがめられるとしても、今のローガンは、戻ってきて野球を見られるようにさっさとこの仕事を片づけることしか気にかけていなかった。

ガレージに入ると、ローガンは、ジェンナが気分が悪くなった場合に備えて、オープンカーではなくジープタイプの車を選んだ。そうはならないといいのだが。そんな目に遭ったら、今夜が徹底的にめちゃめちゃになる。

繁華街の通りに車を走らせながら、人ごみの中で自分がジェンナ・フォーダイスを見つけられるかどうか不安になった。正式に会ったことは一度もない。しかし、アヴェリーのデスクにおいてある、額に入れた彼女の高校の卒業写真を見たことはある。予想していたとおり、愛らしくてきれいな女の子だった。パパのかわいいお姫さまだ。ローガンのもとのフィアンセがまさにそうだったように。彼女は妊娠という切り札を持ちだしたが、幸いにもローガンは、結婚に追いこまれる前にそのうそを見抜き、証拠を出せと逆襲した。

そう、ローガンは上流社交界の軽薄な娘たちのことは、もうたっぷりと知っていた。自分たちが慣れ親しんだライフスタイルを続ける手段や金がローガンにあると見分けられるほかは、ものを見る目がまったくない上流社会の世間知らず。ジェンナ・フォーダイスが、そんな女性たちと違っているとは思えない。妻を亡くしたビジネス界の大物のひとり娘となれば、なおさらだ。

数分後にローガンは、車体の長いリムジンの後ろにジープを停《と》めた。人気のあるそのナイトクラブが入っている五つ星ホテルの玄関ポーチの下で、そこが唯一空いたスペースだった。暖かい六月の夜気に踏みだすと同時に、ほんの少し離れたところに猪首《いくび》でスキンヘッドの男が女性の体に腕をまわして立っているのが目に入った。

ふたりに近づくにつれて、それがジェンナ・フォーダイスだという確信が強まった。写真で見た姿より何歳か年をとった感じだが、相変わらずとても魅力的だ。ブルーの袖《そで》なしのブラウスに膝上の丈の白いスカート、それにローヒールという地味な装いだった。カールした茶色の髪は肩の下まで流れ、サングラスで目を隠し、深酔いを超えてぐでんぐでんになっているのをうかがわせた。右の眉の上に白い布を押しあてているので、けんかでもしたのだろうかとローガンは考えた。そうだとすれば、あしたの新聞の社交欄に載るのは間違いない。

とうていカップルには見えないふたりに近づきながら、ローガンは用心棒と思われる男にうなずいてみせ、横にいる女性に声をかけた。「ミズ・フォーダイスですか？」

女性はローガンのほうに頭をかしげた。「そうですけれど」

「ぼくはローガン・オブライエン。あなたのお父上との関連で、顧客の送迎サービスを請け負っている会社のオーナーです」

ローガンは手を差しだしたが、ジェンナは無視してスカートのポケットを探り、紙幣を何枚か引きだして用心棒の手に押しこんだ。「これでバーのお勘定が払えるわよね、ジョニー。それに、あなたにも少し残るでしょう。それから、わたしのお友だちにわたしはもう帰るって伝えてもらえない？　彼女に心配させたくないの」

「お友だちはどんな感じの人ですか？」ジョニーはきいた。

「ブロンドのかわいい人よ。名前はキャンディス。バーにいるわ。服装はピンクだと思うわ。いつもピンクを着ているから」

用心棒はまだしっかりジェンナを支えたまま、ローガンをじっと見た。「だれかにこの人の頭の傷を調べてもらわないといけないですね。ひどい転び方をしたのに、救急車を呼ばせないんで」

ジェンナは払いのけるようなしぐさで、空いている手を振った。

「なんでもないわよ」

ローガンは額の布から赤いものがしみでているのを目に留め、傷はひどいかもしれないと思った。「ジョニーの言うとおりですよ。血が出ている。医者に診てもらう必要があります」

「その話は車の中でできるかしら？」

話し合いは無用だった。病院に着くまで文句を言い続けるのはジェンナの勝手だが、ローガンとしては、傷はだいじょうぶだとたしかめずに自由にさせるつもりはなかった。

「行こう」

用心棒はジェンナの腕をローガンに差しだした。「ちょっと体がふらついているから、支えていないとだめです」

ふつうならローガンはセクシーな女性に腕をまわすのはいやではない。しかし、この金持ちの娘には関心がなかった――あるいは関心を持ってはならなかった――いくつもの理由から。

ローガンはジェンナの腰を抱き、肘を手でしっかりとつかんだ。ゆっくり車のほうに導きはじめるとすぐに、彼女は小柄で、身長はたぶん百五十五センチぐらい、彼より三十センチは小さいと気づいた。まったくローガンのタイプではなかった。内面も見た目も、もっとしっかりした感じの女性のほうが好みだった。

　車の助手席側まで行くと、ローガンはドアを開けてジェンナを座席に座らせ、善意を示すしぐさとしてシートベルトをつけた。そこまでは順調だった。ジェンナは転ばずに車までたどりついたのだから。もっとも、彼女のおぼつかない足取りを見れば、彼が支えなければ転んだのではないかとローガンは察した。ジェンナが何を飲んだにしても、相当に強いものだったに違いない。ところが、ローガンが感じたのはアルコールの匂《にお》いではなく香水の香りだけだった。母のお気に入りのラベンダーの石鹸《せっけん》を思い起こさせる、強くない軽やかな香りだった。そんな感じは、ローガンがこれまでにつきあった、男に火をつけるために作られた贅沢《ぜいたく》な香水に浸る女性たちとは間違いなくはっきりと違っていた。ローガン自身はどっちみち、そういう香りにはしらけるのだが。

　ローガンは運転席に乗りこむと、頭上の明かりをつけ、ダッシュボードに取りつけたホルダーから携帯電話を引き抜いた。「お父さんに電話して自分で事情を話しますか？　それとも、ぼくが話しましょうか？」

「ついているのよ。父はあしたまで仕事でシカゴに行っています。それに、家のスタッフには今夜は休みをあげたわ」

「ほかにぼくが電話をかけられる人は?」

「だれもいないわ」

予想どおりだ。つまり、さしあたり自分だけがジェンナの責任を負うということだ。ローガンは電話をホルダーに押しこみ、険しいため息をついた。「じゃあ、あなたとぼくと救急センターでどうにかするわけだ」

ジェンナは顔をしかめた。「家に送ってくれるだけでだいじょうぶよ」

傷をもっとよく見るまでは、そうはいかない。ローガンが布をはずそうとすると、ジェンナはちょっと触られただけでぞっとしたかのように、文字どおり跳びあがった。

「体の力を抜いて」ローガンは包帯代わりの布をはずした。「どれくらいひどいか見ようとしているだけです」

「かすり傷よ。転んだとき、化粧室の外の壁にぶつかったの」

鏡で傷を調べる手間はかけなかったようだ。「縫う必要があるかもしれない。病院はそんなに遠くないから」

「病院はいや」ジェンナの声には、パニックの気配があった。「救急センターもお医者さんも嫌いよ」

アルコール検査をされるのを心配しているのかもしれない。もし、マスコミにとんでもないアルコール濃度のことをかぎつけられたら、騒ぎになる可能性がある。それでも、ジエンナの状態はかすり傷の手当て以上のちゃんとした治療を要するかもしれず、その時点では彼女の責任はローガンにあった。ローガンはジェンナの手を膝から持ちあげて、ふたたび布を押さえさせた。

「脳震盪《しんとう》を起こしているかもしれない」

「そんなことないのはたしかよ」

「きみは医者なのか、ミズ・フォーダイス？」

「あなたは、ミスター・オブライエン？」

生まれて初めて、そうだったらいいのにとローガンは思った。医者だったら、ジェンナをよく調べて――医学的にだ――その上で家に連れていけるのに。彼女の家だ、自分のところではなく。しかし、医療は彼の天職ではない。そんなことを考えているうちにひとつのアイディアが浮かんだ。

「そうだ、ぼくの兄が医者で、ここからほんの十分くらいのところに住んでいる。たぶん兄が診てくれると思う」

ジェンナはじっくり考えてから答えた。「それならいいわ。ただし、あとでわたしを家に送ってくれると約束するならね」

その点は問題ない。ローガン自身、そうするつもりなのだから。「兄に電話して、都合がつくかどうかきいてみる」

兄の都合がつくのはすでにわかっていた。兄のデビンとはその晩早いうちに話をして、兄が外科の主任常勤医の仕事からめずらしく一日休みを取っていると知っていたのだ。ということは、自分の頼みは高くつく可能性がある。すごく高く。

ローガンはふたたび電話を取って短縮ボタンを押し、兄の赤ん坊も含めて家じゅうを起こさないようにと願った。あるいは、もっと悪くすると、兄がベッドで妻と失われた時間の埋め合わせをしている邪魔をしなければいいがと。

ベルが二回鳴ったあと、デビンがいつものように答えた。「オブライエン医師です」

「もしもし、デヴ、ローガンだ。悪いな、こんなに遅く電話して」

「まだ起きてるよ。寝る時間じゃなく遊びの時間だと決めこんだ、ちびのおかげで。どうしたんだ？」

「診てもらう必要のある患者がいるんだが、救急センターに行きたがらないんだ」ジェンナをちらりと見やると、彼女はフロントガラスの先を見つめていた。「額に切り傷がある。連れていって診てもらってもかまわないかな？」

デビンは低く笑った。「患者だって？　最近は医療関連サービスで金を取っているのか？」

ローガンは兄のユーモアに乗る気分ではなかった。「ぼくはその女性に送迎サービスを提供中なんだ。もし引き受けてくれたら、望みのチームのホームゲームの年間チケットをやるよ」

「決まった。ただし、病院外で処置できないような傷の場合は、その人物を救急センターに連れていくしかないぞ」

これはローガンにとって、すごい大仕事になるかもしれない。だが、ほかにどんな道があるだろう？　「わかった」

「ちょっと待ってくれ」

くぐもった声が聞こえてきて、ローガンは兄が妻と相談しているのがわかった。少しして兄が電話口に戻った。「ステイシーはいいと言っている。チケットのほかに、もうひとつ条件つきで。その人物を診るのは、うちではなくておまえのコンドミニアムにする。それからショーンを連れていかなくてはならない。あの子は車に乗ると眠ってくれるんでね」

「問題ないよ。じゃあ、じきに会おう」ローガンはまったくかまわなかった。一歳三カ月の甥《おい》がそばにいるのは楽しいことだ。いずれ家に送り返せるかぎりは。二、三時間を超えて子どもの面倒を見るのがどんなものか、わかっていることを最高にうまく表現するには一言でいい――〝とんでもない〟だ。ジェンナを自分のところに連れていけば、運転する距離が短くてすむ。早く手当てが片づけば、それだけ早く彼女をフォーダイスの屋敷に送り返せる。

ローガンは電話を切り、ジェンナに目を戻した。「兄はぼくのアパートで会うそうだ」

ジェンナはダッシュボードにじっと目を注いでいた。「あなたはどこに住んでいるの？」

「街中だよ。ここから三キロぐらいのところだ」

「それはありがたいわ。あまり迷惑をかけないといいんだけど」

「全然、迷惑じゃない」

正確に言えばそれは真実ではなかった。この女性は彼にとって大問題になる可能性がある――小柄だが、すばらしい体をしている点も含めて、この女性のことをあれこれ意識するのをやめなければ。ジェンナがクライアントの娘であることを忘れてはならない。自分の娘に対して疑わしい考えを抱く男を、よく思うはずがない重要な顧客だ。ふだん、きちんとしていると信頼している男なら、なおさら悪く思われるだろう。そして、きちんとしているとは、この目をふせ、手を動かさずにいることだ。

「もうこの布をはずしてもいいと思う？」ローガンがエンジンをかけたあと、ジェンナはきいた。「腕が疲れたわ」

「見せてくれ」

ジェンナが布を下ろすと、ローガンは彼女のあごを持ちあげて顔を自分のほうに向けた。思ったとおり、ジェンナはやわらかい肌ととてもすてきな口元をしている。だが、こういう女性なら大勢いる。それに、おそらくジェンナには高額の信託資金と度を越した自尊心もあるだろう。

「血は止まっているから、取っていい」手をハンドルに、頭を目下の送迎の仕事に戻しながら言った。

週末の混雑とタイミングの悪い信号に従って、ローガンはのろのろと車を走らせた。ジェンナはずっとサングラスをはずさず、ガレージに入るまで前を見つめ続けていた。ローガンが車から降りるのを助け、エレベーターに乗せたときに、礼のことばをもそもそとつぶやいたほかは黙りこんでいた。ローガンにはそれでよかった。ジェンナとのかかわりは厳密に仕事の面だけに保とうと思っていた。距離をおこうとも考えたが、家に着くまでは手を放してはいけない感じがした。だから、居間のアームチェアに座らせるまで、ジェンナを支え続けていた。

「すてきなところのようね」ジェンナはやっと沈黙を破った。

絶対に離れていられる場所をと考えて、ローガンは向かいのソファに腰を下ろした。

「妹夫婦が新しい家に移ったあと、彼女たちから買ったんだ」

「じゃあ、あなたにはお兄さんと妹さんがひとりずついるの？」

「実は、男兄弟が四人に妹がひとりだ」

ジェンナは、にっこりした。「まあ。わたしはひとりっ子だから、そんなに家族が大勢いるのって想像がつかないわ。ご両親はどんな方？」

とりとめのない話をするのは悪くなかった。それなら適当にやっていける。「ヒューストン西部の中流階級の地域に住んでいる。ぼくもそこで育ったんだ」〝中流〟ということばを強調した。自分はジェンナ・フォーダイスと同じ階層の出ではないと、はっきりわからせたかった。たとえ、仕事で成功したことによって、金銭的な状況は変わったとしても。ジェンナがいつまでもサングラスを取ろうとしないのでローガンは言った。「遠慮なくサングラスを取ってくれ。ぼくも酔っぱらった経験はある。だから、きみのことをとやかく言うつもりはない」

ジェンナは何度も手を固く組み合わせた。「明かりが目に障るの」

なんともはや、あしたの朝のジェンナにはなりたくないものだ。「今がつらいと思うなら、あしたは覚悟していることだね」

「どうして？」

どうやらジェンナは、本格的な二日酔いは経験したことがないらしい。ローガンはある時期にはしじゅう味わっていたが。「きみはそんなにしょっちゅう酒を飲むわけではないようだね」

「ええ、飲まないわ。アルコールはそんなに好きではないの。ときどきワインを一杯飲む程度よ」

今夜ジェンナが二、三杯以上飲んだとすれば、それで今の状態の説明はつくが、それでも何か話がおかしいと感じさせられるふしがあった。ジェンナの舌はまったくもつれていないし、実際、言うことの筋も通っているように聞こえる。酔いつぶれてもなお、しらふを装える幸運な人間なのかもしれない。

ジェンナがふたたび黙りこむと、ローガンはテレビをつけて録画しておいた野球の試合を見ようかと考えたが、ミズ・フォーダイスは野球ファンには見えないと判断してやめた。スポーツに興味があるとしたらテニスだろう。どちらがいいかきいたほうがよさそうだと思い、口に出そうとしたちょうどそのとき、ドアベルが鳴って、援軍の到着を告げた。

ローガンはソファから立ちあがり、早足で入り口に向かった。ドアを開けると、ズックの大きなバッグを肩にかけ、子どもを腰に抱えた兄が立っていた。ぱっちりと目を開けた子どもは、スーパーヒーローの絵柄の赤いパジャマを着ている。

ローガンは脇《わき》に寄って兄を中に通した。「早かったね」

「呼びだしを受けたときに、いちばん早く行けるルートを検討したおかげさ。怪我《けが》人はどこだ？」

「ホールの向こうにいる」

居間に入ると、ローガンは、まだふたりに気づいていないジェンナのほうを手で示した。

「デビン、そちらがジェンナ・フォーダイスだ」

デビンが椅子の前まで行くと、ジェンナは手を差しだしてにっこりした。クラブの前でローガンにはしなかったことだ。「お会いできてうれしいです、先生。あなたのお時間をむだにしていないといいんだけれど」

「だいじょうぶですよ」デビンは息子のショーンをローガンに渡し、ジェンナの手を軽く握った。背の低いスツールを椅子の前に引き寄せ、バッグを膝においた。「さて、傷を診よう」

ローガンは肩越しに親指を後ろに向けて言った。「兄さんが診ている間、ぼくはショーンをキッチンに連れていって、クッキーがあるかどうか探してみるよ」

デビンは厳しい目でローガンを見た。「ひとつより多くは食べさせてはだめだぞ。糖分で気分がハイになった子どもを連れて帰ったりしたら、おまえもぼくもステイシーに言い訳しないといけなくなる」

義理の姉は理性的な人だとローガンはいつも思っている。しかし、実地に試してみたくはない。「覚えておくよ」

居間の隣のキッチンに入ると、ローガンはショーンに高い高いをして、声をあげて笑わせた。「どんどん重くなるね、きみは」頭の上から下ろし、カウンターに乗せた。「チョコチップをまぶしたクッキーしかないんだ。だから、これでオーケーだといいんだけどね」

ショーンは〝クッキー〟と一言答えてにっこりし、ローガンがたしかに彼に通じることばを話していることを示した。

　ローガンは戸棚を開け、包みからクッキーを取りだしてショーンに渡した。ショーンは歓声をあげた。小さな子どもは簡単によろこばせられる。これまでに知り合った何人もの女性たちとは違って。中でもひとりの女性は難物だった。

　どうして今夜は前のフィアンセのことがずっと頭に浮かんでいるのか、ローガンにはよくわからなかった。だが実際、その答えは隣の部屋にあり、当の本人は座って兄の診察を受けていた。しかし、ヘレナとジェンナの似たような生い立ちを別にすれば、ふたりの間にはいくつもの違いがあることにローガンは気づいていた。まず、少なくとも身体的な面で違う。

　しかし、そんな違いを深く探るつもりはなかった。兄が仕事をすませたら、ミズ・フォーダイスを新記録のスピードで屋敷に送ろうと思っている。

　ショーンはクッキーの最後の一口を食べ終わって手を出し、指をくねくねさせた。「もっと」

「それはいい考えじゃないな、おちびちゃん」ローガンは、ほかによろこばせるものはないかとまわりを見まわし、めったに使わない調理用具を立ててある瓶から木のスプーンを選んだ。「これでバッティングの練習をするのはどうかな？　ただ、ぼくを叩《たた》いちゃだめだよ」

　ショーンは、スプーンをバットよりもドラムスティックとして使うことに決めて、めちゃくちゃなリズムで戸棚を叩き、ほとんどわけのわからないことばをまき散らした。それでも、甥がうれしがっているかぎりは、ローガンもうれしかった。

ショーンが落ちないように、ローガンは子どものすぐ近くでカウンターに寄りかかり、居間が見える通り口のほうをちらりと見やった。

デビンは傷に薄い白い布をあてて留め終え、ペンライトでジェンナの目を照らしているところだった。ふたりが何か話し合っているのがわかった。しかし、ショーンが金属の缶を叩きはじめたために、ことばは一言も聞き取れなかった。

二、三分後、ショーンはミュージシャンごっこにあきて、だっこをせがんだ。ローガンが抱きあげると、ショーンは叔父の肩にほおを寄せた。少なくともこれでデビンは、家に帰ったらステイシーに、ローガンが子どもにスプーンを持たせて、うまく疲れさせてくれたと話せる。

数分たって、デビンがキッチンに入ってきた。まじめな顔をしている。「頭の怪我は重大ではないと思う。しかし、今夜はだれかがあの人を見守る必要があるね、軽い脳震盪を起こしている場合のために」

それは大変な難題になる。「彼女の家にはだれもいないんだよ。そんなに心配なら、たぶん、入院させるべきじゃないかな」

「おまえが客用の部屋に彼女を泊めたらいいかもしれない」

そんなことはローガンの計画には入っていない。「それは名案じゃないな」

デビンは眉根を寄せた。「困っている美人をおまえがはねつけたというのは、これまで一度も聞いたことがないけどな」

「たまたま大金持ちのクライアントの娘だっていう、酔っぱらいの美人さ。おやじさんは、ぼくが彼の娘と夜を過ごすのをありがたいとは絶対に思わないだろうね」

デビンはうなじをさすり、床を見つめた。「ローガン、彼女は酔っているんじゃない。目が見えなくなりかけているんだ」

2

この一年、ジェンナ・フォーダイスは、薄闇《うすやみ》と孤独の中で、その上、ときには肉体的にも精神的にも激しい苦痛のうちに生きてきた。しかも、いちばんの親友の三十歳の誕生日を祝うために、思い切って安全な避難場所から外に出かけることにしたその晩に、危なっかしい状況に陥ってしまった——額に切り傷を負って、脳震盪《しんとう》の可能性があり、知らない男性のアパートで非番の医師の手当てを受けているというありさまなのだから。

ローガン・オブライエンに支えられてエレベーターに乗りこむとすぐに、ジェンナは、そこは贅沢《ぜいたく》なアパートだと判断がついた。カーペットを敷いていない床を歩いて、自分たちの足音の響きに注意し、すごく広いアパートだとわかった。視覚以外の感覚を、中でも音を頼りにして細かい点を察するのが巧みになっていた。

今、ジェンナは低い話し声を耳にして、きっと自分が話題になっているのだと感じた。医師が弟に話しているに違いない——あの女性は酔っているのではなくて、ほとんど目が見えないのだと。

すばしこい素足の足音が聞こえて、ジェンナの注意はそっくりそちらに向けられた。子どもの足だと思った。明かりに向かって目をせばめ、自分の前に立っている小さな人影が見えて、たしかにそうだとわかった。衰えつつある目のおぼろな霞《かすみ》を通して見て取れる、ぼんやりとした姿にすぎなかったけれど。自分の手首におかれた小さな手を感じると、身に備わった母性本能が湧《わ》きあがって、両腕を大きく広げ、小さなショーンを温かく迎え入れた。

ショーンがジェンナの膝によじ登り、ほおを胸に寄せると、ジェンナは子どもの頭のてっぺんにほおをつけた。お風呂上がりの甘い香りを吸いこみ、ぬくもりを体にしみこませて、もうひとりの小さな男の子に思いをはせた。最近は、ジェンナにとってほとんど電話の向こうの声だけの存在になっている子どもだ。ジェンナにさびしい日々をなんとか切り抜けさせる〝ママ、好き〟というおぼつかない声だ。彼女を前に進ませ、希望を抱かせる恵みだった。

「ショーン、お姉さんの膝に乗って勝手なことをしちゃだめだよ」

デビン・オブライエンの声だとはっきりわかった。ジェンナは、思いやりのあるこの医師にすぐに親近感を抱いた。型破りな弟については、まだ気持ちを決めかねている。「この子は何もわたしを困らせたりしていないわ、先生」

「やっとのことで疲れてきたからさ」

デビンがショーンを抱きあげたとき、ジェンナはもう少し待ってと頼みたい思いだった。空っぽの腕と心を満たす時間をもう少し与えてほしいと。サングラスを元どおりにかけ直したが、今度の場合は今にもこみあげそうな涙を隠すためだった。

「もう家に帰っていいかしら？」

「きみは今夜はここに泊まるんだ」

ローガンの命令がましい声を聞いて、ジェンナは憤然とした。「そんな必要はないわ」

「医者の命令だ」デビンが弟より淡々とつけ加えた。「あなたは今夜はひとりで過ごすことになるとローガンから聞いた。弟もぼくも、あなたがだれかと一緒のほうが気が休まるんだ。あなたに何かあった場合のためにね」

デビンは気が休まるかもしれないけれど、ローガンは違うのではないかとジェンナは感じた。たぶん彼は、わたしが用心棒に運転手を呼ばせたりしなければよかったのにと思っているのだろう。率直に言えば、わたしもタクシーを拾えばよかったと思っているし、今もそうできる。

いっとき、ジェンナは自分が選べるふたつの道をじっくり考えた。家に帰ると言い張り、何事もなくうまくいくように期待するという道もある。あるいは、ここに残って、もしも、転んだための影響が出ても、だれかがそばにいると知って安心できる道もある。これまでわたしは自立を保つために懸命に努力してきた。でも、今の状況では、苦労して勝ち取ったその自由をいくらかあきらめるほかはない。おろかな危険を冒したために支払わなくてはならない代償ということだ。

「わかったわ。泊まります」

「よかった」デビンが言った。「ローガンのことなら心配しなくていい。上の階に客用の部屋があるし、この男はきちんとした人間だ。ぼくのほうがルックスはずっといいけれどね」

「それに、結婚しているじゃないか、デヴ。さあ、奥さんのところに帰れよ」

ローガンの口ぶりにはおかしそうな感じがこもっていた。どうやら、それはこの人が身内だけに取ってある口調らしいとジェンナは察した。たしかに、わたしのエスコートを心ならずも引き受けて以来、ローガンがおかしそうな声を出したことはまったくない。

「何もかもありがとう、デビン」

「どういたしまして。さあ、ショーン、ジェンナさんにおやすみを言いなさい」

「おやすみ」子どもらしい声に続いて、やわらかい軽いキスをほおに受けて、ジェンナの胸はますます息子恋しさと思い出でいっぱいになった。「おやすみなさい、おちびちゃん。よく眠るのよ」

三人が居間を出ていくとき、ジェンナは、ショーンのわけのわからないおしゃべりと兄弟の軽口の言い合いに、うらやましい思いで耳をかたむけた。しかし、最後の挨拶《あいさつ》とドアの閉まる音が遠くで聞こえると、ひどくそわそわする気分に圧倒された。

ローガン・オブライエンはジェンナを落ち着かなくさせる。それは、人を圧する彼の長身のせいではなかった。もともと、ジェンナはたいていの男性よりずっと小さいのだから。ローガンの声にこもるいらだった感じや、ストイックなふるまいのせいでもない。自分が主導権を握っているとあからさまに示す彼の態度がジェンナを警戒させるのだ。そういう支配的なオーラに引かれる女性は多いかもしれない。しかし、ジェンナはそんな女性のひとりになるつもりはなかった。

「ぼくたちは話し合う必要がある」

ローガンの深みのある声に、ジェンナははっとしてのど元に手をあてた。「気がつかなかったわ。あなたが戻っていたのに」

家具のこすれる音がして、そのすぐあとに、ローガンがどうにか視野に入ってきた。

「ぼくはここにいる。さあ、説明してくれないか。どうしてきみは、目が見えないことをぼくに話さなかったのか」

ローガン・オブライエンは手加減をしなかった。いつもならジェンナはそういう態度を新鮮に感じるところだった。しかし、この場合は必ずしもそうではなかった。

「わたしは、ふつう、知らない人に向かって〝ハーイ、わたしはジェンナ・フォーダイスよ。ほとんど目が見えないの〟なんていう挨拶はしないわ」

「そんな話が通るのは、最初に顔を合わせたときだけだ。あのときから今まで一緒にいた間については通用しない。説明し直してもらいたいね」

事実を話す以外、どう説明したらいいのかジェンナにはよくわからなかった。「この何カ月かの間でわたしが外出したのは今夜が初めてだったの。世間的な意味での外出はね。まわりからふつうに見られたかった。いつも感じる哀れみをかけられるのを避けたかったのよ」少なくとも、しばらくの間だけでもそうしたかった。

「いつごろから、そんなふうになったんだ?」

「すっかり引きこもるようになったこと? それとも、母によく言われた生意気な口のき方のことかしら?」母が亡くなる前から、ジェンナが十三歳になったばかりのときから、そうだった。

ローガンはいらだたしげなため息をもらした。「目が悪くなってからどれくらいたつんだ?」

思い起こしたくないほど長い。「十代の初めのころに一種の角膜萎縮《いしゅく》症だと診断されたの。最初はそんなにひどくなかったわ、目の感染症はあったけれど。でも、症状が進行し続けていることはずっとわかっていたの」

「正確にはどの程度、見えるんだ?」

「あまり見えないの。砕けたくもりガラスを通して見るのにちょっと似ているわ。すべてがゆがんでいるの。ものの形は見えるけれど、細かい点はわからないわ。というか、サングラスをかけていないときには形は見えるの」

ローガンは手をのばしてサングラスをはずした。ジェンナとしてはされたくないことだった。先にデビンが明かりを弱くしていたので、光線過敏症のことはあまり心配ではなかったが、自分の目がローガンにどう見えるかが不安だった。

「ぼくが前よりよく見えるかい？」

「あなたがわたしの前に座っているのはわかるわ。でも、そんな程度ね」

「で、今の時代にきみを助ける手段がただのひとつもないのか？」

ローガンの言い方は、ジェンナ自身がしばしば経験するのに劣らずじりじりした感じに聞こえた。出会ったばかりの男のことばとしてはめずらしいことだとジェンナは思った。

「角膜移植が唯一の治療法なの」

「それには、ドナーを見つけるという問題が絡んでいるんだね」

「そうよ。もう一年以上、待っているの。もちろん、父に任せたら、父はお金で角膜を買い取ろうとするでしょうね。または、少なくとも、わたしを待機リストの上のほうに動かすために自分の影響力にものを言わせると思うわ」

「しかし、きみはそんなことをお父さんにさせるつもりはない」

ジェンナはうなずいた。「そんなやり方はフェアじゃないわ。わたしは人生の大きな部分を目の見える人間として過ごしてきたのに、一方ではそんなことにまったく恵まれていない人たちが待っているのよ。その中には子どもたちもいるわ。そういう子たちがリストのいちばん上におかれるべきよ」

「それは見あげた態度だ」

ジェンナは少し身動きした。「わたしが聖人になるつもりでいるなんて思われないうちに言うけれど、移植を受けるのは、わたしにとって軽く受け止められることではないのよ、その点はぜひわかってくれなくては。ときどき、移植のことを考えると怖くなるわ。それでも、積極的に待つつもりよ」

それは、目が見えるようになるために、だれかが亡くなるのを待つということであり、じっくりと噛《か》みしめたくない事実だった。自分ひとりのことだけを考えるなら、ジェンナは不自由さを受け入れ、移植を忘れることにするだろう。杖《つえ》を使い、盲導犬を探すことを考えるだろう。しかし、ジェンナには彼女を頼りにしている三歳半の息子がいる、たとえ、この何カ月かは何百キロもの距離を隔てているとしても。

「もし、移植を受ければ、視力は完全に戻るはずなのか?」

「そうなるのをわたしは期待しているわ」しかし、それとともに、組織の拒絶反応に遭うこともありうるし、移植を受けたあと、数年のうちに病気が再発する可能性もある。

「厳しいことに違いないな。目が見えないというのは想像がつかない」

「わたしは、また見えるようになったら何をするか考えることで、つらさの埋め合わせをすることを学んだわ」子どもの世話ができるようになるのが優先順位のトップだ。「さしあたりは、人の顔を知るには、視力以外の感覚を使って頭の中にその人の顔を描くやり方に頼るほかはないの。どうするのか、実演してみせるわよ。もし、あなたに触らせてくれるなら」

「へえ、そうか?」ジェンナには、ローガンの声に笑いがこもっているのが聞き取れた。自分の言い方がどんなに思わせぶりだったかに気がついて、ジェンナはあやふやな笑い声をもらした。「つまり、よかったら、あなたの顔に触ってあなたの見た目がどんなふうかもっとよく知りたいの」

「がっかりしたら、どうする?」

ジェンナは肩をすぼめた。「本音を言えば、本当の人柄は身体的な魅力とはなんの関係もないということを、もう知っているわ。ただ、参考になるものがほしいの」

「それなら、どうぞ。自由に触ってくれ」

ローガンの声の挑発的な響きにジェンナは少しひるんだが、引きさがるほどではなかった。「わたしには奥行きが感じられないので、あなたが手伝ってくれないとだめなの。髪から始めて下のほうに触っていくわ」

ジェンナが両手を差しだして目を閉じると、ローガンはその手をこめかみの両側にあてた。ジェンナは指先でローガンの髪の中をそっと探った——手触りのいい濃い髪だ。「あなたは間違いなく頭がはげないわ」

「気がつかなかったよ」

「あなたの髪はどんな色？」

「黒だ」

長身で黒髪なのはわかった。ハンサムであることをたしかめるときが来た。ジェンナはローガンの額を指先でたどった後、眉を親指でそっとなでた。

「目はどうなの？」

「ブルーだ」

ジェンナの美術的なセンスが前に出てきた。「スカイブルー？　マリンブルー？　コバルト？」

「そんなことは一度も考えたことがないけれど、スカイブルーだろうと思う」ローガンの口調はちょっと気恥ずかしげで、ジェンナはマッチョな男のそんな言い方をかわいく感じた。

「たいていの人は、細かい点を当たり前のように受け止めるのよね」ジェンナ自身はそうではなかった。「それはすごく人目を引くコントラストだわ、黒髪と淡いブルーの目というのは」

「ぼくの母は半分アルメニア人で、父はアイルランド人だ。ぼくは両方の血をひいてるんだよ」

「おもしろいわ」次に触ったローガンの鼻も興味深かった。鼻筋の右側にかすかなくぼみがあるのに触れて、ジェンナはきいた。「ここはどうしたの？」

「飛行機から飛びおりて、顔で着陸したのさ」

「まじめに言っているの？」ショックを受けながらきいた。

ローガンは低くセクシーな笑い声をもらした。「高校の野球の試合でバッターボックスに入っていたとき、デッドボールを受けたんだ。スカイダイビングの話にしたほうがおもしろいと思ってさ」

ジェンナはローガンがパイロットだったとしても驚かなかったが、彼が突然、ユーモラスな面をはっきり見せたことにはふいをつかれた。その次に触れたあごのたくましさは意外ではなかった。手のひらに軽くざらざらと擦れるひげに覆われている。しかし、ほおに沿った細長いくぼみにはちょっと驚いた。「えくぼがあるのね」

「そうだ、運の悪いことに」

ジェンナは笑った。「運が悪い？　女性はえくぼが好きよ。えくぼは大人の男性を男の子っぽい感じにするわ」

「きみがそう言うならね」ローガンはきわめて疑わしそうに言った。

ローガンのふっくらした唇に指先を走らせながら、ジェンナは細かい点を寄せ集めて、頭の中で像を作りあげた。たぶん、それは本物を十分に表してはいないだろう。しかし、ローガンがたしかに魅力的だと察するだけの見分けはついた。

しかも、徹底的に男らしい——突きでたのどぼとけをなで、引き締まった首の線を下にたどって、伸縮性のあるニットの縁で終わったときにそうとわかった。「Tシャツを着ているのね」ジェンナはローガンの腿に手を下ろした。「それから、ジーンズ」自分の足でローガンの足を探り、つついた。「ブーツをはいているけれど、カウボーイタイプのじゃないわね。ハイキング用だわ。あなたはアウトドア派なのね。ハイキングが好きなの？」

「うん、ハイキングとキャンプが好きだ。だが、仕事のために一、二年は出かけていない」

ジェンナの思いは、まだ目が見えていたころの、もっとよかった日々、もっとよかった場所に戻っていった。「もっと若かったころは、わたしもよく歩いたのよ」

「きみはいくつなんだ？」

ぶっきらぼうなきき方だったし、ぶしつけだと言う人もいるかもしれないが、ローガンの開けっ広げな態度をジェンナは好ましく思った。まわりの人たちから傷つきやすく見られすぎるよりたしかにいい。「先月、三十歳になったわ。あなたは？」

「三十四歳だ」

ジェンナは、思いがけずこみあげたあくびを手の陰に隠して続けた。「これであなたのことが前よりよくわかったから、あなたと今夜を居心地よく過ごせると思うわ」

「そろそろベッドに入るかい？」

ジェンナは歯をのぞかせて笑った。「あなたをそこまでよくは知らないわ」

ローガンは咳払《せきばら》いして言い直した。「つまり、そろそろ客用の部屋に案内しようかということだ」

「からかったのよ。あなたの言おうとしたことはわかっていたわ。あなたはあなたのベッドに入り、わたしはわたしのベッドに入る」

「そういう言い方をすると、あまり心をそそられることのように聞こえないね？」

「そうね」

ふいに始まった沈黙は重苦しく、息が詰まりそうだった。二人の間に広がる否定できない緊張感は目で見て確認する必要はなく、直感だけで足りた。ジェンナは視力を失う前からずっと直感に優れていた。警戒心を脇《わき》に投げ捨ててローガン・オブライエンを少しそそのかしてみたいと思う気持ちはあったが、直感は、今夜二度目の過ちを犯さないうちに引きさがるようにと警告した。

自分がまだ片手をローガンの腿においたままなのに気づくと、ジェンナはまるで感電したようにその手をさっと引いた。実際、いろいろな意味でぴりぴりしていた。「お客用の部屋にテレビはあるかしら？」

「ベッドだけだ。あまり客は来ない」

少なくとも、自分だけのベッドを求めるお客はあまり来ないということだと、ジェンナはうがって考えた。「この部屋にテレビはあるの？」

「ああ。なぜそんなことを？」

ローガンがそうきくのは当然だった。目の見えない女性が、見られないものにどうして関心があるのだろうと。「ベッドに入るときテレビをつけておくのが好きなの。音が眠るのに助けになるのよ」

「きみの言うことはわかるよ。ぼくはいつもこの居間でスポーツを観《み》ながら眠ってしまう」

「じゃあ、ここは居間なのね。わたしをソファに連れていってテレビをつけて」

ローガンはジェンナの手を取って立ちあがるのを助けた。「じゃあ、話をつけよう。ぼくはきみから目を離さないように兄に言われている、だから、きみはソファで寝ればいい。ぼくは寝椅子を使う」

「そんなことをしてくれる必要はないわ。気分はだいじょうぶよ。吐き気もないし、めまいもしないわ」正確に言えば、それは本当ではなかった。ローガンがすぐそばにいるとわかるせいで、頭が少しふわふわしている。

「ジェンナ、きみが、一緒のベッドで寝るほどぼくを信頼する気がないかぎり、ぼくがきみを見守れるように居間にいることで話をつけるしかない」

ローガンと同じベッドで寝ることについては、ジェンナは自分自身を信用できるかどうか自信がなかった。「いいわ。でも、一晩じゅう、わたしを見守ることはないわよ」

ローガンはジェンナのほおに指先をはわせた。「きみを一晩じゅう見ているのに、なんの問題もないよ」

ジェンナは、わけのわからない熱さとともに、ローガンを見られない残念な思いに襲われた。しかし、ローガンの手のやさしさを味わい、彼がじっと見ているのを感じ取って、本当に久しぶりに、自分がふつうの――そして、好ましい――女性のような気分になれた。

ジェンナ・フォーダイスは実に頑固な女性だ。ジェンナが寝支度をするとき、ローガンは手助けをしようとして断られ、あらためてそれがわかった。

今、ジェンナは洗面所でローガンが貸したTシャツを着ているところで、ローガンはドアの外で待ち、彼女がまた転んだりしないようにと願っていた。おそらく、外にいるのがいいのだろう。ジェンナの着替えを見ているのはまずい。

少し前にジェンナに手探りされた経験は、気づかないふりができない体の反応をローガンにもたらした。自分がおかれた状況に対するジェンナの態度も見逃せなかった。まさに感嘆するみごとな態度だ。ジェンナを無視するのは楽ではない。それに尽きた。

それでもやはり、ローガンはジェンナが目のことについて彼に本当の話をしなかったのがおもしろくなくて、彼女はほかに何を隠しているのだろうかと考えずにいられなかった。どういう形であってもローガンはごまかされることが大嫌いだった。前のフィアンセに裏切られたために、ますますその気持ちが強くなっている。しかし、ジェンナが打ち明けなかったわけを説明したあとは、彼女の動機がある程度は理解できた。

それでも、自分がどうしてジェンナにこんなに引きつけられるのかはさっぱりわからない。むろん、すばらしくきれいな女性だが、それだけではない。ローガンはジェンナの自立心に感心するとともに、彼女の不安な思いも察していた。たしかにジェンナの視力は奪われているかもしれない。しかし、おそらく、両眼とも二・〇の視力がある人よりもずっと多くのものを見ているだろう。すでにジェンナがたいていの女性よりずっとよく自分のことを見抜いているのは確実だ。たとえ、自分の顔や姿はわからなくても。

そして、そのことが、なぜこの女性に引かれるかというローガンの疑問にかなり答えていた。さまざまな特徴をあわせると、小柄な体に包みこまれた注目すべき女性が現れてくる。それでもまだ、ローガンがヘレナから受けた傷の後遺症は癒《い》えきってはおらず、また新たな女性とごたごたするのは何よりしたくないことだった。ジェンナ・フォーダイスは一夜かぎりの関係を持つタイプのようには思えず、一方、ローガンは、最近はそういうつきあいにしか関心がなかった。責任も約束もない、安定した関係に近いものは何もないつきあいにしか。

ローガンは、ジェンナがふたたび怪我《けが》するのもいやだった。閉まったドアの向こうから、がちゃんという音が聞こえてきたときには、まさにそうなったのだと恐れ、ドアの化粧板をこぶしの甲で叩《たた》いて声をかけた。

「だいじょうぶか?」二、三秒のうちに返事がなかったら、ドアを破るつもりだった。

「だいじょうぶよ。歯ブラシを洗面台の中に落として、歯磨きにぶつかったの」

少なくとも、ジェンナ自身が床に倒れたのではなかった。「何か要るものは?」

「ないわ、あなたがアイメイクのリムーバーを持っていれば、話は別だけど」

実はちゃんとある。しかし、そんなものがここにある事情を説明するのを避けるために、ないと言いたかった。それでも、と考え直した。ジェンナが本当に必要としているのなら手渡すべきだ。

「きみはきちんとしたかっこうをしているかい?」

「それは議論の分かれるところね。でも、入ってかまわないわよ」

ドアを開けると、ジェンナは、丈が腿の半ばまで届くローガンの着古したTシャツを着ていた。鏡の前に立って、タオルで顔を拭《ふ》いている。ローガンは、大理石のカウンターの上に山になっている衣類に――中には小さなレースのブラもある――目を向けないようにして洗面台のところに行き、引きだしを開けた。メタリックゴールドの化粧品バッグを取りだし、中をかきまわした。彼はジェンナの求めているものを必ず見つけようと張りきった。

ローガンは青い瓶を抜きだしてジェンナの手の中においた。「ほら、これだ。アイメイクのリムーバーだよ」

ジェンナは眉をひそめた。「ローガン、あなたにはわたしに話すつもりのないような個人的なことが何かあるの？」

「ぼくは化粧はしないよ。もし、それがきみのきいていることならね。その瓶はほかの人のものだ」

「あなたには恋人がいるのね？」

「前の恋人だ」

「なるほど」ジェンナは瓶のふたを開け、透明な液体をタオルに落とした。「だけど、その人を思い起こすものをまだ少し持っているというわけね」

「そうだ。彼女とぼくが別れたたくさんの理由のひとつを思い起こすためにね。その女性はメイクが濃すぎた」

「なるほど」

ほかの理由もきかれるだろうとローガンは思ったが、ジェンナはマスカラを落とすのに集中していた。ジェンナが質問攻めにしなかったのがローガンは気に入った。過去の話を過去にとどめるのはいい。ジェンナをとても好ましく思い、この前、女性に対してそんな気持ちになったのがいつだったかと考えても思いだせなかった。

ジェンナはじりじりしてため息をついた。「キャンディスにメイクをさせたりするべきじゃなかったわ。メイクはうんざりだし、落とさないとやっかいなことになるときがあるの」ローガンに顔を向けてきいた。「落ちたかしら？ それとも、四カ月早いハロウィーンの支度ができている？」

「手伝おう」ローガンはジェンナの手からタオルを取ると、あごをつかんで目の下についている汚れを拭《ぬぐ》った。ふたりがすぐそばにいるという意識に強くとらわれた。ジェンナがシャツの下にブラをつけていないのに気づき、そうだとわかったことで体にめちゃくちゃな反応が起きていた。すぐにも離れないと、ジェンナにキスしてしまいそうな危険な状態に陥っている。

その思いにひるんで、ローガンはタオルを洗面台の中に投げこんで一歩さがった。「全部、落ちた。それに、きみには化粧は要らないよ」

ジェンナはにっこりした。「きっとあなたは、マスカラのピンチから救いだした女性のすべてにそう言っているに違いないわ」

「これが初めてさ。ぼくは女性の化粧を意識的に落としたことは一度もない」

「あなたが口紅を落とすのもとても上手だと、わたしには確信があるわ」

「かもしれない」今、ジェンナが口紅をつけていたら――実際はつけていないが――よろこんで拭き取るところなのに。「寝支度は終わったかい？」

ジェンナは片手で髪を後ろに払った。「そう思うわ。あなたは？」

自分が致命的な間違いを犯す瀬戸際に近づいているのに気がついて、ローガンはジェンナの腕を取って居間に連れ戻し、ソファに座らせた。

「横になってくれ、毛布をかけるよ」

ジェンナが言われたとおりにすると、ローガンは毛布を彼女のあごまで引きあげ、体が見えないようにして、いくらかほっとした。「これでいいかな？」

ジェンナは毛布の下から腕を出した。「いいわ。あなたはだいじょうぶ？」

「ああ。なぜだい？」

「わからないわ。あなたがまるで怒っているみたいに聞こえるの」

「怒ってなんかいない」少なくともジェンナに対しては怒っていない。

ジェンナは両腕を頭上にのばしてから胸の下で組んだ。「じゃあ、わたしが眠ったあと、お尻をけとばしたりしないわよね？」

「そんなことはしない」しかし、自分が考えていることを――ジェンナと一緒にソファに乗りたいと思っている内心を――知られたら、けとばされるのは自分のほうかもしれない。

ローガンはコーヒーテーブルからリモコンを取り、テレビをつけてきいた。「特に見たい番組はある？」

「どうでもいいの、音さえあれば。あなたが決めて」

自分のいつもの番組に戻るのは、うまく折り合いのつく気ばらしになるかもしれない。

「野球の試合を録画してあるんだ。きみを迎えに行ったときには延長戦に入っていた」

「知っているわ。スコアも知っているわよ。クラブで男の人たちが話しているのが聞こえたの」

ローガンはリモコンをテーブルに戻した。「続きは言わないでくれ。だいなしにされてしまう」

「それなら、あなたを驚かせてあげることにするわね」ジェンナは横向きになってローガンと向かい合い、毛布の端をひねりながら言った。「あなたが寝る支度をする前にききたいことがあるの」

ジェンナの口調がひどくまじめだったので、ローガンは彼女が気分がよくないと言いだすのではないかと心配した。結局、救急センターに行かなくてはならないはめになるのではないかと。しかし、ジェンナの体調のほうが迷惑よりも重大だ。

「どうかしたのかい？」

「なんでもないわ」ジェンナは目を閉じ、ついで、ゆっくりと開けた。「わたしが自分を鏡で見たのは、もうずっと前のことなの。わたし、知りたいのよ、わたしの目が――」

「きれいだよ、ほかの部分と同じように」本当にきれいだった――淡い茶色の丸い目で、長く黒いまつげに縁取られている。そう、ジェンナに化粧は要らない。まさにそのままで完璧《かんぺき》だ。完璧すぎるかもしれない。

ジェンナはにっこりしたが、ローガンにはその笑みはほとんど悲しげに見えた。「あなたは、このソファに寝ることになった目の見えない女性のみんなに、そう言うに決まっているわ」

「きみが初めてだ。それに、言ったことは本当だ」

ジェンナが手を差しだすと、ローガンはためらいなくそれを取った。

「ありがとう、ローガン。うれしいわ、あなたと会えて」

「ぼくもだ」それも本当だった、自分で認めたくないほど本音だった。「さあ、寝よう」

ローガンはジェンナの手をぎゅっと握り、数メートル離れた寝椅子に座った。野球の試合に集中しようとしたが、ソファにいる女性についてあれこれと思いをめぐらすのに忙しすぎた。ジェンナは見た目のとおりに現実の存在なのだろうかと考えた。彼女が話したことはすべて事実なのだろうか。過去の苦い経験のせいで自分は彼女を誤って判断しているのだろうか。誤っているのではないかと感じ、彼はもっと判断の根拠がほしいと思った。

ローガン・オブライエンにとって、その夜は、不愉快な邪魔とともに始まったかもしれない。しかし、最後はとてつもない驚きで終わった――ジェンナ・フォーダイスという驚きで。

3

「何をしているんだ？」

ローガンのはっきりした、そして、どこかぶっきらぼうな声を聞いて、ジェンナはふり向いてキッチンのカウンターに寄りかかった。「ゆうべ助けてくれたお返しに、あなたに朝食を作ろうと思ったの。だけど、料理は苦手なのよ、目が見えなくなる前からずっと」

牛乳のカートンを手探りして取りあげた。「冷たいシリアルは好き？」

「いや、けっこうだ」

ローガンの口調にいらだちの響きがあるのをジェンナは感じ取った。「どうかしたの？」

「シャワーを浴びたあと、きみがソファにいないのを見て、心配していたんだ」

ジェンナはローガンの気づかいをありがたく思った。たとえ、無用な心配だったとしても。「心配する理由なんか何もないのに」傷を覆う絆創膏《ばんそうこう》の縁に手を触れて続けた。「頭が少しひりひりするけれど、だいじょうぶよ」

ローガンが近づいてくるのをジェンナは足音で推し量り、さわやかな石鹸《せっけん》の残り香をとらえて、彼が横まで来たのを察した。「きみが着替えをすませしだい出かけられるよ」

ジェンナは前の晩にローガンに借りたTシャツをすばやい手つきでなでおろした。「このシャツは着心地がいいわね。これを着て帰ろうと思うの。洗濯して、来週お返しするわ」いっそ、自分で届けられればもっといい。

それは名案とは言えない。今の時点で、男性とのつきあいを求める大義名分は何もないのだ。

「似合っているよ。だけど、それを持っていたら、きみはお父さんにそのシャツがどこから来たか説明しなくてはならないはめになると思う。それは、ゆうべ一夜をぼくと過ごしたのを話すことにつながる。そうなれば、それと引き替えに、ぼくはお父さんとのビジネスを失うだろうね」

この人はいつでも物事をビジネスのレンズを通して見ている。父とまったく同じだ。

「父は午後遅くまで帰ってこないわ。だから、見つかる心配はしないで。それで思いだしたけれど、今、何時かしら?」

「もうすぐ十時だ」

「そんなに遅くまで眠ったなんて信じられないわ」しかし、それを言うなら、ローガンがほんの数歩しか離れていないところにいるのを意識したために、実はゆうべはあまりよく眠っていなかった。

「だから、ぼくたちは急ぐ必要がある。きみがゆうべずっと出かけていたのをアヴェリーに知られないうちに」

もし、父がすでに家に電話していて、留守番サービスにしかつながらなかったとしても意外なことではないとジェンナは思った。「わたしの私生活は父の知ったことではないし、ゆうべあったことは問題にされるようなものではないわ。わたしはあなたのソファで眠り、あなたはわたしを寝椅子から見守ったということよ」

「それでも、ぼくはお父さんが帰るよりずっと前にきみを家に送るつもりだ」ローガンはジェンナの手を取ってしっかりと握った。「さあ、きみが支度するのを手伝うよ」

明らかにローガンはわたしを追い払いたがっているとジェンナは感じた。「ありがとう、自分でできるわ」

「どっちみち、近くにいるよ。きみがだいじょうぶだとわかるように」

「お好きなように」

ジェンナは、ローガンにバスルームまで案内されるのは受け入れ、いつもの朝の身支度をした。その間ローガンはドアの外で番犬役を務めた。ジェンナはブラウスはうまく着たが、スカートの後ろ側のジッパーを上げようとすると引っかかってしまった。こういうときには、ゆるゆるのシフトドレスと伸縮性のあるベルトをたくさん持っていればよかったと思う。そうでなければ、視力を取り戻せたら、と。

今は道はひとつしかない――プライドをのみくだすことだ。「ローガン、ちょっと手伝ってほしいんだけど」

ドアがきしみながら開いた。「どうした？」

「たいしたことじゃないの」ジェンナはローガンに背を向けたままで言った。「ただ、ジッパーが引っかかってしまって。あなたがたいていの男性と同じようだとしたら、女性のジッパーについては経験豊かなはずだわ」

「ぼくはジッパーを上げるのより下ろすほうが得意だな。でも、やってみるよ」

ローガンの声にはおもしろがっている感じがあった。しかし、ローガンが後ろにまわると、ジェンナは彼のことばがふいにかきたてるイメージを払いのけられなくなった。「もし、あなたが直せなかったら、結局、あなたのシャツを着て帰るほかはないと思うわ」

「なんとかできるよ」ローガンはジェンナの腰に手をかけて自分のほうに軽く引き寄せ、ジッパーと取り組んだ。

たった一度試しただけで、ジェンナは引っかかっていたジッパーがはずれたのを感じ、ついで、ローガンの声が聞こえた。「すんだよ」

お礼を言おうとふり向いたはずみにジェンナは前によろめき、体を起こそうとして、エネルギーのかたまりのような男の幅の広い裸の胸に両手をついた。「あなたはシャツを着ていないのね」ジェンナとしては間の抜けたことばが出てしまった。

　ローガンはジェンナの腰をつかんだ。「きみが着ているじゃないか」

　ジェンナの頭の命令中枢が、ローガンの手をはずす必要を感じていないのは明らかだった。「もし、これがあなたが持っているたった一枚のシャツなら、あなたは父にもっとお金を請求しないと」

「シャツは何枚もあるさ。まだ着ていないだけだ」

「わかったわ。というか、たぶん、わたしにはわからないからかも。あなたは裸でいてもかまわない。わたしには絶対にわからないことですもの」

「ぼくは裸じゃない」ローガンはさらに体を近づけた。「笑顔を身につけている」

　何も考えないうちに、ジェンナは両手でローガンの体の脇《わき》を下にたどり、デニムのベルトに触れた。「なんておもしろい冗談。ちょっとの間あなたには本当にだまされたわ」

「ほかに何かぼくにしてもらいたいことはない？」

　いくつも考えられる。しかし、ほとんどどれも賢明ではないと思う。興味深いけれど、分別に欠ける。ジェンナはしぶしぶ腕を体の脇に下ろした。「わたし、もう帰らないといけないと思う。シャワーを浴びたいの」

「シャワーはここにあるし、ぼくはよろこんで手伝うよ」

　ローガンの申し出に応じるのはとても簡単だ。ふたりの間の強力な化学反応を認めてはいけない理由を忘れるのは実にたやすい。「信じて、わたしは前にも自分でシャワーを浴びたことがあるの。実際は毎朝よ」

「それはけっこう。しかし、もし、家に帰るとちゅうでぼくの助けがほしくなったら、知らせてくれ」

「ローガン、あなたは自分がどこへ行くのかわかっているの?」

ジェンナから目を離して道路を見つめていないと、まっすぐ溝にはまりこみそうだ。

「前にきみの家に行ったことがあるんだ」

「本当? いつのこと?」

ローガンがちらりと目を走らせると、ジェンナがいぶかしげに眉を寄せているのが見えた。「二年ぐらい前、きみのお父さんと最初に契約したときに。お父さんがディナー・パーティーに招いてくれた」

「どうやら、わたしはいなかったみたいね」

「ああ、きみはいなかった」ジェンナがいたら、覚えているのは疑いない。

「きっと忙しかったんだわ。そうでなければ、わたしは、非の打ちどころのない父の企業戦士のために、非の打ちどころのないホステス役を演じたに違いないもの」ジェンナの皮肉はあからさまだった。

「その言い方からすると、きみがそういう場面を楽しんでいるようには聞こえないね」

「本当のところはね。でも、わたしはそういうことをするのは父への好意だと考えているの」

ローガンは身内どうしの忠誠心は理解できた。「このごろは時間があるとき、きみはどんなことをするんだ。ホステス役を別にして？」

「オーディオ・ブックを聴くの、大体はノンフィクションを。ときどき、できのいい法廷もののスリラーも楽しむけれど。わたしはブライユ式点字といくつかの外国語を習っているの。お医者さんの予約がないときには、カルヴィンが週に二回、図書館に送ってくれて、わたしはそこで幼稚園の子どもたちにお話を聞かせているのよ」

ローガンはそれを知ってそれほど驚きはしなかったが、心を動かされた。「きみがぼくの甥《おい》と一緒にいるところを見て、きみは子どもたちに囲まれているのが好きなのがはっきりわかったよ」

「ええ、好きよ」ジェンナはため息をついた。「子どもたちは、わたしに向かってとやかく言ったり、恩着せがましくしたりしないわ。子どもは、基本的にわたしのことをお話をしてくれる人として考え、その人がたまたま目が見えないととらえるの、その逆ではなくて」

ジェンナにとってそれは重要なことなのだとローガンは察した――平均的な人間のように扱われることが。ローガンが見るかぎり、ジェンナはまったく平均的ではないが。

「あなたは仕事をしていないときにはどんなことをするの？」

「時間があるときはスポーツ観戦に行く。それから、日曜には実家で家族と昼食を一緒にする」ただし、この二、三カ月はその集まりに顔を出さないことが何度もあって、母親におもしろくなく思われている。

「つまり、あなたはわたしのためにお昼に遅刻するということね」

「遅れても問題はないさ」行けば、妹や兄弟たちから女性とつきあわないことについて嘆かれるにきまっている。それを思うと、提案しだいで、その悩みを少なくとも一時的には解決できそうだと思いついた。「お父さんが夕方まで帰らないのなら、きみはぼくと一緒に来ればいい。食べ物は簡単なものだが、集まる人間は悪くない」

ジェンナがすぐには答えないのでローガンはちらりと見やり、彼女が考えこんでいるのがわかった。

「どうだ？」

「父が早く帰る場合のために家にいないと」ジェンナはすまなそうに笑ってみせた。「誘ってくれてありがとう。でも、パスしなくちゃ」

ローガンは自分ががっかりした理由を説明できなかったし、その気持ちを認めたくもなかった。しかし、失望していたのはたしかだった。「いいさ」

屋敷に着くまでしばらく会話はとだえた。五家族でも住めそうな家だった。「入り口に着いた」敷地内の道に乗り入れるとき、ローガンは言った。

ジェンナは小さなバッグの中を探ってリモコンを取りだし、まっすぐ前に向けて、警備システムつきの門を操作した。

門を通り抜けるとすぐに、ローガンは、黒のビジネススーツを着た銀髪の男性が正面のポーチに立っているのに目を留めた。この瞬間、いちばん目にしたくない相手だった。

車の速度を落としながら、ローガンはきいた。

「きみとお父さんの仲はどうなんだ？」

まるでその質問が大きな頭痛の種のように、ジェンナは額をさすった。「父がわたしのすることに指図をしようとしないかぎり、うまくいっているわ。父はすごく過保護で、めちゃめちゃに子どもを溺愛《できあい》する親なの。でも、わたしは父を心から愛しているし、母が亡くなって以来、父がわたしにしてくれたことのすべてをありがたく思っているわ。たぶん、わたしは父にその気持ちを十分に伝えていないと思うけれど」

「それなら、今がチャンスだ」

ジェンナはローガンのほうに顔を向けた。とまどった表情が浮かんでいる。「意味がわからないわ」

そうかもしれない。しかし、じきにわかるだろう。それに、アヴェリー・フォーダイスが、ひとり娘が一晩じゅういなかった理由を理解するかどうかもこれからわかる。「どうやらお父さんは早いフライトに乗れたらしい」

まさにそのとき、アヴェリーは、ポーチから飛びおりてきた。ローガンの首を腕で絞めあげかねない顔をしていた。

ジェンナは頭をシートにのけぞらせて、ぼそりと言った。「すばらしいわ」その間にローガンは円形の車寄せに入り、柱廊のある玄関の下に車を停《と》めた。

「この場はぼくに任せてくれ」

「いいえ、わたしがどうにかするわ」

ローガンが車を降りて助手席側にまわるのを待たずに、ジェンナはドアを開け、片脚を外に下ろした。

ジェンナを助けて階段を上りきると、ローガンはすぐに事情を説明しようとしかけた。しかし、アヴェリーのことばで先を越された。

「ジェンナ、いったいどこにいたんだ？」

「ぼくと一緒にいたんです」ローガンが答えたが、アヴェリーはそれを聞いてあまりうれしそうには見えなかった。

ジェンナは手をのばして父の腕を見つけ、身を乗りだして父のほおにキスをした。「わたし、キャンディスのお誕生祝いに出かけて、ちょっとした事故に遭ったの」額の絆創膏に触れてみせた。「ローガンが親切に、彼のお兄さんでお医者さんのデビンに傷を診るように頼んでくれたのよ。お兄さんが傷の手当てをしてくれて、ローガンがわたしに一晩ソファを貸してくれたの、それで話は終わりよ」

アヴェリーは顔をしかめた。「話は終わりじゃない。けさ、キャンディスがサーシャに電話して、サーシャがわたしに電話してきた。おまえが家に帰らず、電話をかけもしなかったので、ふたりとも死ぬほど心配していたんだ」

ジェンナは挑むようにあごを突きだした。「キャンディスにはあとで全部、説明するわ。それに、わたし、サーシャには週末の間お休みを取るように言ったのよ」

「わたしが雇っている人間には忠誠心がある」アヴェリーは厳しい目つきをローガンに向けた。「彼らはわたしに言われたとおりにする。わたしはサーシャにおまえに目を配るように言ってあった」

「わたしは三十歳よ、パパ。お守り役は要らないわ」

「おまえには必要のように見えるがね」

ローガンは親子の間で全面戦争が始まらないうちに割って入ることにした。「ジェンナがぼくのところに泊まったのは、すべてぼくの考えです。ジェンナは帰りたがったのですが、ぼくが帰らせませんでした」

「で、それでわたしが満足するとでも?」アヴェリーは冷ややかににらみつけながら言った。

この調子では自分は大切なクライアントを失うことになる。「兄とぼくがジェンナはひとりでいるべきではないと判断したんです。脳震盪《しんとう》の徴候が表れた場合のために」

「実際にはなんともなかったのよ」ジェンナがつけ加えた。「さあ、中に入って、ローガンに仕事を終えてもらいましょう」

「そうしよう」アヴェリーが応じた。「おまえにはまだいろいろ説明するべきことがある」

ローガンはジェンナの顔に怒りの火花が散るのを見た。「パパとわたしの話はあとでできるわ。わたしはシャワーを浴びなくてはならないの、ローガンのご両親の家にランチに連れていってもらうまでに、ちゃんと支度ができているようにね。何時に迎えに来てくれるの、ローガン?」

どちらのショックが大きいか、ローガンにはわからなかった――自分か、フォーダイスか。「きみは本当に行きたいのかい?」

ジェンナは華やかににっこりしてみせた。「もちろんよ。わたしがあなたと出かけている間、やさしいサーシャが父の面倒を見てくれるわ」

純然たる反抗そのものだとローガンは認めた。それに、自分が家族間戦争のまっただ中にがんじがらめになったことも。ランチの誘いを取り消してジェンナを侮辱し、元どおりにアヴェリーに気に入られることもできる。あるいは、金銭的な面で最大の恩恵にあずかっている顧客のひとりを怒らせ、その男の娘と午後を過ごすこともできる。

ローガンは、不機嫌な顔つきのアヴェリーを見やってからジェンナのほうを向いた。ジェンナは、ローガンがこれまで女性の顔に見た最高の笑みを浮かべていた。ビジネスと楽しみの対決。ローガンは楽しみを選んだ。「一時間ぐらいで戻ってくる」

アヴェリーの反応を待たずに、ローガンはジープに向かって全力疾走し、たちまち発進して去った。家に着くまでずっと、いったい自分は何をしているのかと考えながら。

「おまえは自分のしていることがわかっているのか、ジェンナ?」父の表情は見えなくても、ジェンナはその口調に非難を聞き取った。

「ローガンとランチに行く支度をするのよ」

ジェンナが自分の部屋に向かってホールを歩くと、父は前にまわって娘の足を止めた。

「あの男についておまえは実際に何を知っているんだ?」

よくある父親のお説教だ。目は不自由でも、それが降りかかってくるのは十二分に察していた。「パパがあの人を信頼していることはわたしにはわかっているわ。それに、彼がゆうべわたしにとても親切にしてくれて、完璧《かんぺき》な紳士だったこともね。もし、パパがその点を心配しているのなら」

「彼は女好きの男だ。ひとりの女性と落ち着くタイプではない。とりわけ……」

父のことばはしぼんだが、メッセージは大きくはっきりと届いた。「とりわけ、わたしみたいな女とはということ？　そう言おうとしたんじゃないの？」

「おまえは特別なんだ、ジェンナ」

「わたしは目が見えなくなるのよ、パパ。わたしの目はすでに悪いかもしれないけれど。だから、わたしは男の人と過ごすのを楽しんではいけないということにはならないわ。たとえ〝女好き〟の男性でも。それに、これは友だちの間のただの気軽なランチよ。ローガンはわたしをひとりにしたくなかったのよ。わたしが、サーシャはいないし、パパは遅くまで帰ってこないと思うと言ったから」

「わたしはおまえが傷つくのがいやなんだ」

父のやさしい口調はジェンナの憤りをやわらげる助けになった。「わたしが傷つくのは、わたし自身が彼にわたしを傷つけるようなことを許した場合だけよ。そんなことはさせないわ。それに、わたしは永続的なつきあいは求めていないの。今はもう、パパにもそれくらいわかっているはずよ」

「ああ、わかっている。デイヴィッドと離婚したのがその証拠だ。わたしは、おまえたちふたりに、もう少し努力してもらいたかった」

「やめて。その話を蒸し返すのはやめましょう」そのことは三年前に話しつくしている。

「わたしが説得しても、そのランチに行くのをやめないのか？　わたしたちふたりで気分のいい午後を過ごせるじゃないか」

ジェンナは手をのばして父のほおを軽く叩《たた》いた。「ふたりでいい晩を過ごせるわ。パパはシカゴの話をしてくれたらいいし、わたしはパパに、イタリア語とフランス語でバスルームのことをきくにはどう言えばいいか教えてあげられるわ」

「おまえはまだ、例のヨーロッパ旅行に行くと決めているんだな」

「角膜移植を受けてからよ」いつか、受けたらの話だ。「それに、ジョンがもう少し大きくなって、物心がつくようになるまで待ちたいわ」

「ローガンにジョンのことは話したのか？」

「まだ機会がないの」今日のうちにチャンスをとらえて話すつもりでいる。「さっきも言ったように、これは一回かぎりのことなのよ。将来の父親面接じゃなくて。ジョンにはもう父親がいるわ」

「もう一度言うが、わたしはいやなんだ、おまえが――」

「傷つくのが、でしょ。わかっているわ」ジェンナは父を引き寄せ、長く抱きしめた。「それに、パパが心配してくれてありがたく思っているわ。だけど、そんな必要はないのよ。わたしはもう大きいんだから」

「わかっているさ。それでも、おまえのことが心配なんだ。おまえがわたしたちの人生に加わってからずっと」

「もし、わたしが両親を選べたとしても、パパとママよりいい親は見つけられなかったと思うわ」たとえ、子どもの目がやがて見えなくなるとわかっていた場合でも、それでもなお両親は自分を養女にしたかしらと考えることはよくあるとしても。

「わたしたちもおまえを迎えた以上に幸せにはなれなかったよ」父はそう言ってジェンナの疑いを追い払い、ふたたび娘に抱きしめられた。

「愛しているわ、パパ。お願いだから心配するのはやめて。わたしはローガン・オブライエンをうまく扱えるわよ」


ローガンもアヴェリー・フォーダイスを巧みに扱っていた――アヴェリーのビジネスの才覚をほめ、要求に応じ、彼が主導権は完全に自分にあると信じるようにしむけることによって。しかし、それもローガンがアヴェリーの娘と出会うまでの話だった。

ふつうの場合なら、ローガンは、玄関で自分を迎えるのは使用人のだれかだと思ったはずだ。しかし、そのときの状況は、およそふつうとはかけ離れていた。だから、アヴェリー自身が戸口に出てきてもローガンは驚かなかった。アヴェリーはそっけなく言った。

「入ってくれ」

ローガンはアヴェリーについて家の中に入りながら、ジェンナが近くで待っていて、さっさと一緒に出かけられたらいいと願った。しかし、広々としたロビーには、フォーダイス自身と何点かの高価な美術品のほかに人影はなかった。フォーダイスはふり向いて言った。「オブライエン、わたしはこんなことは気に入らない」

何が気に入らないのか尋ねる必要はなかった。

「ただのランチですよ」

「それはきみの言い分だ。ただ、忘れないでもらいたい。ジェンナはわたしにとってすべてだ。特別な若い女性だ。いろいろな意味で、もろい。もし、きみがジェンナの気持ちをかき乱せば、わたしの気持ちをかき乱すことになる。わかったな?」

アヴェリーの言おうとすることは、石に刻みつけられているよりも——あるいは、ローガン自身の体に彫りこまれるよりも、はっきりのみこめた。それでもなお、ローガンは、ジェンナが父親が言い張るほどもろい人間だとは信じがたかった。そうであっても、もし、自分がアヴェリーのひとり娘とごたごたを引き起こせば、今後の契約に際しては締めだされるにきまっている。「わかりました」

「わかったら、書斎でジェンナを待っていていい」アヴェリーは右手の部屋を指すと、軍事教練の軍曹のようにくるりと身をひるがえし、長いホールを去っていった。

ローガンはアヴェリーに教えられた部屋にゆっくりと入った。ずらりと並んだ本棚に本が詰まっているのを予想し、オフィスとしての設備も整っているかもしれないと思った。ところが、そこにはカジュアルな籐《とう》の家具とたくさんの写真があった。最先端のギャラリーに飾られているような作品ではない。黒髪の男の子のポートレートが部屋の端から端まで並んでいた。青い毛布の上で眠っている生まれてまもない赤んぼう。野の花の咲く原で腹ばいになって笑っている、歯のない乳飲み子。さらに、その横には、赤い野球のユニフォームを着て、ミニチュアの木のバットを持った幼児。

だれだか知らなくても、その子は特別な存在なのだとローガンは感じた。おそらく、親戚《しんせき》のだれか、あるいは、直接の家族かもしれない。

「その子の名前はジョン・デイヴィッドよ」

聞き慣れた声を耳にしてふり向くと、ジェンナが戸口に立っていた。袖《そで》なしの淡い黄色のドレスを着て、黒髪は頭の上でまとめている。目を隠すサングラスと手にした白い杖《つえ》だけが、彼女が完全に健康な美しい女性ではないことを語っていた。実際、ジェンナがあまりにもきれいなために、一瞬、彼女のことばに反応するのが遅くなった。「だれがこの写真を撮ったんだい？」

「わたしよ。目のことが悩みの種になる前、わたしはヒューストンの北西のほうで小さな写真スタジオを持っていたの。ここにある写真は、わたしの最高作に入ると思っているわ」

それで、写真の質の高さの理由がわかった。ジェンナと子どもとの関係はわからなくても。しかし、ローガンは察しがついていた。「きみはこの子のことが本当に好きだったに違いないね」

「あなたにわかる以上にね」ジェンナは部屋を横切り、フレームに入れた写真をテーブルから取って戻ると、よく見えるようにローガンに差しだした。「これがわたしのお気に入りなの」

ローガンは、ジェンナが横顔を男の子に向け、ふたりが額を触れ合わせている写真をじっくりと見た。女性が子どもに対して抱くいとおしさを完璧に表現している。あるいは、息子に対する母親の愛かもしれない。しかし、間違っている可能性もある。ジェンナは子どもがいると口にしたことはないし、父親のアヴェリーも、知り合って何年かたつが、そんなことは言っていない。ところが、写真からジェンナに目を戻して、彼女のほおが濡《ぬ》れているのを見て、ローガンは自分の考えは正しい方向に向かっていると察した。そして、ジェンナのことばでそれがたしかになった。

「この子はわたしの息子なの」ジェンナはサングラスを上げて、すばやく目の下を手で拭《ぬぐ》い、元に戻した。「ごめんなさい。取り乱さないでこの子のことを話すのは、とてもむずかしいのよ」

ローガンはその子に何が起きたのか具体的にききたかった。しかし、ジェンナ自身がすすんで話したいと思うこと、あるいは話せること以上を知りたいと迫るのはやめようと判断した。その代わりに、ローガンはその場で考えられるただひとつのことを言った。「この子はきみに似ているね」

ジェンナはおずおずとほほえんだ。「わたしの茶色の目はたしかに受け継いでいるけれど、この子の髪はわたしより色が明るいの、父親に似て。というか、わたしが最後に見ることができたときにはそうだったわ」

「それはどれくらい前のことだったんだ?」

「この子は今、三歳半だから、一年ぐらい前のはずよ。わたしの目が深刻に悪い方向に向かう直前だったわ。それからまもなく、この子は父親と暮らすようになったの。わたしたちは共同で親権を持っているのよ」

少なくともジェンナは子どもを失うという深い傷は負っていない。それでも、子どもがいない一年間に彼女がどうやって耐えたのか、ローガンには想像がつかなかった。「子どもはいつ、きみのところに戻ってくるんだ?」

ジェンナはそこにいない子どもを抱くかのように写真のフレームを胸に押しあてた。

「わたしが角膜移植を受けたらすぐによ。この子はすごく活発なので、ふつうの半年の期間よりも少し長く父親といたほうがいいと思ったの。だけど、とても遠くにいるから大変なの」

「どのくらい遠いんだ?」

「テネシー州なの、メンフィスの郊外よ。毎晩、子どもと話してはいるけれど」

体で触れ合うことの悲しい代用品だ。「意外だね、アヴェリーがきみの子どもの話を一度もぼくにしたことがないというのは」ローガンが知っているほとんどの祖父は孫を溺愛している。ローガン自身の父親もふくめて。

「父がジョンを愛していないわけじゃないの。とてもかわいがっているわ。ただ、この子の父親とわたしが離婚したことが、父にはどうしても受け入れられないのよ」

アヴェリー・フォーダイスのような伝統主義者にとって離婚がどんなに納得できないかということは、ローガンにはわかった。ローガンの両親にとっても同じことで、彼の妹が離婚したときにはふたりはつらい思いをした。

「きみたちが一緒にいたのはどれくらいだ？」

「わたしが妊娠に気づいたときには、一緒に暮らすようになって三年たっていたわ。その五週間後に結婚したの。ジョンが生後六カ月になったすぐあとに、わたしたちは結婚生活がうまくいかないと気がついたの。でも、デイヴィッドはいい父親よ。大切なのはその点だけだわ」

ジェンナの悲しげな口調から、たぶん、離婚は彼女が考えたことではなかったのだとローガンは推し量った。ジェンナはデイヴィッドを愛していたのかどうか、彼はジェンナにやさしかったのかどうかききたかった。その男はジェンナの失明を受け入れたのか、あるいは、それが離婚の原因だったのかどうかも。「子どものために結婚するというのは、必ずしもいいことではないと思うね」そして、デイヴィッドは、きっと、その罠《わな》にとらわれたというのに近い気持ちだったのだ。

ジェンナはうなずいた。「そうね、よくないわ。とりわけ、ふたりの相性がいいとは言えない場合には。三年間のうちに、わたしたちが気づくべきだった点だわ。だけど、ときには人は安易な場にはまりこんでしまって、そこを離れるのがおっくうなことがあるのよ。そのうち、運悪く思いがけないできごとが起きるのよね、子どもに関するかぎり、わたしは何も変えたくなかったけれど」

会話の流れが気づまりになってきて、ローガンはその日の予定に話を向けようと決めた。

「ところで、もう出かけられるかい？」

「まだ、わたしを連れていきたいの？」

「うん、ぼくの気が変わる理由が何かある？」

「あなたが思い直すかもしれない理由はいくつも考えられるわ。ひとつは、子持ちで目の見えない離婚した女性をあなたのご両親に紹介することよ」

「ジェンナ、ぼくの両親は人を独善的に判断するタイプじゃない」実際、おそらく両親はジェンナに会って五分後には彼女が大好きになっているだろうと思う——その上、すぐにも結論に飛びつこうとするだろう。

ジェンナは少し身動きした。「それに、父の例のちょっとした問題もあるし。今、父はすねて、部屋にこもっているわ。あなたがわたしに誘いをかける気だろうと心配しているのよ。わたしはそんなことにはならないと思うわ。絶対に」

「ぼくは行儀よくふるまうと約束するよ」それは彼にとって、守れるといいがと願う約束だった。

4

「ご両親は、あなたが人を連れていくことを知っていらっしゃるの？」ウィンカーの音以外、なんの返事も聞こえないので、ジェンナは手をのばしてローガンの腕に触った。「あなた、だいじょうぶ？」

「うん、だいじょうぶだよ」

ジェンナは少し疑わしく感じた。車に乗ってからずっとローガンが無口だったために、とりわけそう思った。「わたしの質問が聞こえた？」

「何かぼくの両親のことを言ったよね」

ローガンの思いがよそに行っていたのは明らかだった。「わたしが行くのをご両親がご存じかどうかってきいたのよ」

「母に電話して、友だちを連れていくと伝えたよ。とてもよろこんでいた。たとえ、ぼくが手に負えない暴走族の一団を連れていっても、母は気にしないと思うよ」

あるいは、目の見えない女性でも。「最後にだれかを家に連れていったのはいつ？」

「かなり前だ。この二、三カ月、ぼくは日曜のランチに顔を出していなかった。仕事に追われていて」

ローガンが行かなかったことについては仕事のほかにもっと多くの事情があるとジェンナは察した。

「じゃあ、わたしについて細かいことは話していないのね？」

「どういう意味だ？」

ローガンが母に話したから答えをぼかしているのか、それとも、話していないからなのか、ジェンナにははっきりしなかった。「わたしは壁にぶつかる傾向があるって言ってある？」

「話したさ。どじな人だから、壊れやすいものはしまっておくようにと言っておいたよ」

からかう口調にジェンナは口元を緩めた。「まじめに話しているのよ」

「両親は賢い人たちだ。自分たちで察すると思うし、彼らにとってそんなことは問題じゃない」

ジェンナは、ローガンの両親が自分をほかの客と変わりなく扱ってくれるといいと願い、ローガンにもう着いたと知らされて、どちらにしてもじきにわかることだと思った。

ローガンの手を借りて車から降りながら、ジェンナは急に不安にとりつかれた自分を心の中でたしなめた。心配する理由は何もない。要するに、ランチが終わったら、ローガン

ローガンはジェンナの肘をしっかりと支えて、裏庭に案内した。炭の匂《にお》いと楽しげな話し声がジェンナの不安を静め、気を引き立てた。すぐに、人々がふたりを囲み、それとともに歓声があがった。ジェンナには、人々は輪郭のぼやけた像の群れに見えたが、夏の日差しが照りつけているので、あえてサングラスははずさなかった。

オブライエン家の人たちがひとりずつ次々と自己紹介をする間、ジェンナの気持ちを表すには、圧倒されたということばがいちばんだった。きょうだいたちが最初に挨拶《あいさつ》した。まず、妹のマロリーとその夫のホイット。四カ月の双子の娘を連れてきている。ついで、エイダンと妻のコリ。キーランとガールフレンドのクレア。デビンは〝ベターハーフ〟のステイシーを紹介し、小さなショーンはジェンナのスカートを引っ張り、まるで、もうふたりが親友になっているかのように、たどたどしく子犬の話をした。最後にローガンの両親の順番になった。

「ジェンナ、こちらがぼくの母だ」ローガンは言いながら、ジェンナの背中の下のほうに手を添え、ジェンナはそんなしぐさにふいをつかれて驚いた。

ローガンは、ジェンナが杖《つえ》があってもよろけないようにと気を配っているらしかった。

「お会いできてうれしいです、ミセス・オブライエン」

ミセス・オブライエンはジェンナが差しだした手を取ってやさしく握った。「わたしもですよ、ジェンナ。それから、どうぞ、ルーシーって呼んでくださいね。ここでは堅苦しいお行儀は抜きなの」

「それに、わたしのことは悩みの種と呼んでけっこうですよ」よく響く声にアイルランドなまりが感じられた。心のこもった握手をされて、ジェンナは、目の前の大きな人影は男に好かれる男だとわかった。

「ちゃんとした名前をお教えしなくてはだめよ、あなた」ルーシーがたしなめた。「ジェンナ、この人を許してね。結婚してから本当に長い年月がたったのに、この人にはどうしてもマナーを教えられなかったのよ」

「ダーモットですよ、ジェニー」

「ジェンナだよ、父さん」ローガンが正した。

「わたしにはこの人はジェニーさ。それに、老いたおやじに会わせるためにおまえがこれまで家に連れてきた女性の中で、いちばんきれいな人だね」

ジェンナは赤くなりかかって、反射的に首に手をあてた。「ありがとう、ダーモット。おもてなしをありがたく思っています」

腕を軽く突かれ、ローガンの声が聞こえた。「テーブルに行こう。食べ物が消え失《う》せないうちに」

「それはいいアドバイスだ、ローガン」ダーモットが言った。「若い男たちときたら、これまで食べる物を見たことがないみたいな勢いで食べるからね、ジェニー。うちで太ろうと思ったら、出足をよくしたほうがいい」

ジェンナは、ダーモットにニックネームをつけられたのをうれしく感じたので、彼の間違いを正したいとは思わなかった。一方で、太りたいとも感じていない。出産で体重が数キロ増え、それがいまだに落ちていないのだ。それでも、ジェンナはとても飢えていた――気持ちよく過ごせる人々にも、おいしい食べ物にも。気持ちのいい人々にはもう会えたし、おいしい食べ物も間違いなくもうすぐ味わえそうだ。あたりにただよっているバーベキューのおいしそうな匂いを判断の頼りにするなら。

一家のさまざまな人たちと交わるうちに、オブライエン家の集まりに加わるのは、いつもの日常からのすばらしい変化だとわかった。車の中でローガンが無口だったのは気になったが、来てよかったと思った。あれは、自分の打ち明け話にびっくりしたせいだったのだろう。子どものことを話しても、驚くべきことに、ローガンは背を向けて逃げださなかった。少なくとも、今のところはまだ逃げていない。

ローガンはたんに紳士であろうとしているのかもしれない。今日が過ぎれば、わたしたちは永遠のさよならを言って仲よく別れることになるのだろう。そして、それでいいのだ。ローガン・オブライエンとのつきあいを続けようと考えるには、わたしの人生はあまりにもこみいっている。そう考えても、やはり、つきあったらどんなふうになるだろうと想像せずにいられない。ローガンをもっともっと個人的な意味で知るのはどんなかしら？　男性との親しいかかわりがなくなってからあまりに長い時がたち、胸の奥では、人生のそういう面が欠けていることをさびしく感じているのを否定できない。それでも、あってはならないことを願うのは無分別だ。たとえ、思いをめぐらすのは楽しくても。

ローガンはジェンナをピクニック・テーブルと思われるものに案内してベンチに座らせ、自分も隣に腰を下ろした。スモークしたビーフの胸肉と何種類かのシンプルなサイドメニューという食事の間、だれもがジェンナと家族の一員のように接した。ルーシー・オブライエンは、自分が料理を取り分けたお皿をジェンナに持っていくと言い張ったけれど――ローガンは、母はお客に対してはだれにでもそうするのだと請け合った――少しでも恩着せがましい態度をとったり、過度に気を使ったりする人はひとりもいなかった。だれかがジェンナの障害に気づいていることを示したのは、ただ一度、ダーモットがこうきいたときだった。「ジェニー、あなたの目には何が起きたんだ？」

「あなたったら、詮索《せんさく》しすぎよ」ルーシーが言った。

ジェンナはお皿を押しやって、テーブルの上で両手を組んだ。「いいんですよ、ルーシー。視界がぼやける病気なんです。もうじき角膜移植を受けて、元のように治るのを期待しています」

「近代医学の奇跡だね」ダーモットが応じた。「わたしがどんなにハンサムな男か、あなたが見られるようになるのを楽しみにしているよ」

ジェンナもふくめて、みんなが笑った。しかし、ジェンナの注意を引いたのはローガンの笑い声だった。ときおり、ふたりの腿が触れることがあり、そんななんでもない接触さえも、かなりの心の高ぶりとローガンを求める気持ちをかきたてた。

食事の間ずっと、ジェンナはローガンに見られているのを感じ取り、この人は何を考えているのかしらと思った。女性に関してローガンが表面的な点を重く見るなら、おそらく自分は分が悪い。でも、彼が、より自然な感じのほうが好きなら、その期待に自分はそっているかもしれない。何はともあれ、自分のどこかがローガンの注意を引いている。ジェンナがそう判断した直後にローガンが言った。

「ドレスにバーベキュー・ソースがついているよ」

すばらしい。ローガンは見苦しい汚れがなんだか見定めていたのだ。ジェンナはばつの悪い気分でペーパーナプキンを取った。「どこ？」

「ローガンが落とすのを手伝いたいと言うに違いない場所さ」

「黙れ、デビン」ぶっきらぼうなローガンの口調にはユーモアの響きが聞き取れた。「ぼくと一緒に中に来れば、なんとかするよ」

「そうだろうとも」

「もうたくさんだ、キーラン」

すばやく席をはずすのは今だとジェンナは判断した——汚れがしみこんでしまわないうちに、それに、ローガンがこれ以上からかわれないうちに。

「手伝ってくれたら、ありがたいわ」ジェンナがそう言うと、ローガンは彼女の腕を取って立ちあがらせた。

「ローガン、食品棚に無色のお酢があるわ」ふたりが家の中に入るとちゅうで、ルーシーが声をかけた。「冷たい水で薄めるのよ」

キッチンに入って、ジェンナがカウンターに寄りかかって待つ間、ローガンは、母が言った食品棚らしいものの中を騒々しい音をたてて探した。

「あった」ローガンの声が聞こえ、水の流れる音が続いた。「さあ、落とせるかどうかやってみるよ」

前もって言われていても、胸の間を強く拭《ふ》かれる感触に対して、そ知らぬふりをするのは楽ではなかった。それに、つんとするお酢の匂いも気になった。「すてき。わたし、ピクルスみたいな匂いがするでしょうね」

「ぼくはピクルスは好きだよ」ローガンは言いながら、明るく笑った。「少なくとも、しみは薄くなった。水が冷たくて悪かったね」

冷たいどころか、しみを拭き取られる間に自分の体がどんなにぬくもったか、ローガンにわかりさえしたら。「わたしの不器用さの証拠を消そうとしてくれてうれしいわ。だけど、目が見えない状態には、はっきりした利点がひとつあるのよ。わたしがランチを体のどこかにつけている場合、わたし自身には人にじろじろと見られているのがわからないということ」

「みんなは汚れを見ていたんじゃない。きみの目のまわりの黒あざに目を引かれすぎていた」

「わたし、黒あざができているの？　サーシャは傷の手当てをし直すときに、そんなことは何も言わなかったわ」たぶん、徹底的な屈辱を感じさせないためだったのだ。

「ちょっとした打ち身だ。だけど、切り傷はよくなっているように見えるね」

「あなたは、ゆうべのことを家の方に話したの？」

「デビンやキーランに、きみがバーで女子学生たちと髪を引っ張り合うけんかをしたあげくに、ぼくが車で迎えに行ったと話したさ」

ああ、まったく。「まさか言わないわよね、そんなこと！」

「ぼくたちは熱い血のたぎるアイルランド人なんだ。酒場のけんかについては知りつくしているさ」

「だけど、わたしはけんかなんかしていないわよ」

「冗談だよ。彼らは何もきかないし、ぼくは自分から情報を提供したりはしていない」

ジェンナはふざけてローガンの腕を叩《たた》いた。「よかった。そんなことを聞いたら、家の方たちはわたしが帰ったらよろこんで、二度と来ないようにと思うに違いないわよ」奇妙なことに、ジェンナはまた来てもいいという気持ちになっていた。

「両親はきみにとても感心しているよ、とりわけ父は。父は、好きな人にしかニックネームをつけないんだ。ほかの家族もみんないい印象を受けている。ぼくもだよ。バーベキューのしみ、目のまわりのあざ、すべてをこめて」

ふたりがごく近くにいることを考えれば、ジェンナは、自分がまだ落ち着きらしきものを保っていられることに感心していた。「そういえば、男のご兄弟には三人しか会っていないわ。いない人はだれなの？」

「ケビンだ。たぶん、彼は雑誌の仕事でどこかに行って、高給取りの野球選手のインタビューをしているんじゃないかな。前から身内のことにかかわるのが全然好きじゃないし、コリとエイダンが結婚して以来、あまりやってこない」

「どうして？」

「長い話になるが、かいつまむと、コリは最初はケビンと婚約していて、結局はエイダンと結婚したということだ」

メロドラマ的なシナリオは、何よりもジェンナが予想していなかったものだった。「コリはエイダンと結婚するためにケビンとの婚約を解消したの？」

「ケビンが解消したんだ。それがいちばんよかった。ぼくたちみんながわかっていた――

コリとケビンがデートを始めるより前にエイダンがキッチンで彼女にキスしたとき、彼女は兄弟の間違ったほうを選んだとね」

「コリが料理ショーをしていて、そのセットでふたりがキスしたの？」

「スタジオのキッチンでの話じゃないよ。このキッチンだ」

「まさにここで？」ジェンナの声には少し緊張した響きがあった。

「まさにぼくたちが立っているところでさ」ローガンの声はあまりにセクシーに聞こえた。

「ジェンナ、きみはキッチンでキスされたことはあるかい？」

「覚えはないわね」そう言いながらも、ジェンナは自分がそういうキスをされそうだという感じが強くした。まして、ローガンにあごをつかまれ、ほおを親指でそっとなでられれば。ゆうべ以来、ひそかに夢見ていたキスだった。抑えられない熱い思いを抱いてジェンナは待った。ローガンの唇が自分の唇に触れる衝撃に身構えた。そのとき、だれかが咳払《せきばら》いをして、おろかな夢想を現実にする可能性はとぎれた。ジェンナは〝出ていって！〟と叫びたい衝動を抑えつけた。

ローガンは手を引いて言った。「なんの用だ、キーラン？」いらだちが口調からにじみでている。

「デビンとステイシーがショーンを昼寝させるために引きあげるところなんだ。母さんが、兄さんたちがさよならを言いたいんじゃないかってさ。忙しくなければね」キーランはくすっと笑い、そのあと、足音が聞こえて、彼が出ていったのがジェンナにもわかった。

デビンたちを見送りたい気持ちは強かったが、ジェンナはすぐには人と顔を合わせられる状態ではなかった。「バスルームの場所を教えてもらえたら、わたし、ひとりでじきに庭に戻るから」

「ぼくが案内できる」

ジェンナは杖を床から少し上げてみせた。「信頼できるこのコンパニオンが行く先を見つけるのを助けてくれるわ。あなたがお兄さんにさよならを言っている間にね。ただ、着くまでにドアの取っ手がいくつあるのか、それから、右側か左側かを教えて」

それ以上逆らわずに、ローガンはジェンナの肩に手をかけて体をくるりとまわした。

「まっすぐ行って、右側のふたつめのドアだ。ホールの左手にある骨董品《こっとう》の戸棚に気をつけてくれ」

ジェンナは、ひとりでなんとかするだろうとローガンが信頼してくれるのを心からありがたく思った。ジェンナの人生にかかわる多くの人々は、彼女を病人のように扱おうとして譲らないのだ。「じきに行くわ。だけど、もし、わたしがデビンとステイシーにさよならを言いそこなった場合は、ゆうべよりよく知り合えて楽しかったとふたりに言ってね」

「伝えるよ」ジェンナは、ローガンが自分のすぐ後ろにいて、温かい息が耳にかかるのを感じた。「それに、このあと、ぼくたちもおたがいをもっとよく知ることに取りかかろう」

幸いジェンナは頼りになる杖を手にしていたが、それがなければ床にくずおれたかもしれなかった。力の抜けた脚でホールを進み、ドアの数に気をつけた。行く手に何もないことを杖でたしかめながら、ローガンのことばにこもっていた官能的な感じと、それに対する自分の体の反応を見きわめようとした。

ローガンが教えてくれた部屋まで行くと、ドアが少し開いているのがわかり、ジェンナは中に踏みこんだ。これで、少しの間ひとりになれて、落ち着きを取り戻して――。

「ハーイ、ジェンナ」

マロリーの声だとすぐにわかった。「ごめんなさい。あなたがいるのがわからなかったわ」

「娘たちに母乳を飲ませる時間なの」

「バスルームであげるの？」

マロリーはちょっと笑った。「ここはバスルームじゃないわ。わたしの昔の寝室で、今は子ども部屋に改装しているの」

すばらしい。バーベキューをぶざまに食べる女から完璧《かんぺき》なおばかさんへの変身がこれで完成ね。

「ローガンが、バスルームは右側のふたつめのドアだと教えてくれたんだけど」

「ローガンはきっとユーティリティールームを数えるのを忘れたのよ。変ね、算数はいつもよくできたのに」

ローガンが巧みにこなすことはたくさんあるだろうとジェンナは思った、算数などはいちばんささいな点で。「じゃあ、わたしはもうひとつ先のドアに行かなくてはいけないのね」

「そうよ、だけど、今はコリが中にいるわ。一日じゅう続いているつわりのせいで」

「コリが妊娠しているとは知らなかったわ」

「あまり気分がよくないのよ。よかったら、ホールの端まで行けば、そこの大きなバスルームを使えるけれど」

ジェンナは首を振った。「急ぐ必要はないの。ドレスだけじゃなく、あごにもバーベキューソースがついていたら、落としたいと思ったのよ」それに、ほてりを静めるために顔に少し水をあてたい。

「どこにもついていないわよ。だから、娘たちにお乳をあげる間、わたしと一緒にいてちょうだい。四歩ぐらい前に行くと、椅子があるわ」

たぶん、たいていの女性よりもローガンをよく知っている人にいろいろ尋ねるチャンスだ。そう悟って、ジェンナは椅子に向かって進み、腰を下ろした。

乳を吸う静かな音が聞こえて、子どもへの恋しさが全身に強く湧《わ》きあがった。さらに、忘れられない折々の思い出も。「あなたはふたりの赤ちゃんに一度に母乳をあげるの？」

「ごくたまにね。ルーシーはベビーカーに乗っていて、新しく見つけたおもちゃで遊んでいるわ――自分の足でね。その子は我慢強いの。マディソンは食べることが大好きで、ほしいときにすぐさま食べたいと要求して、それができないと、かんしゃくを起こすのよ。だけど、おなかがいっぱいになったら、すぐに眠るわ」

ジョン・デイヴィッドが赤ん坊で、ジェンナがまだ自分で世話ができたころとまったく同じだった。

「ふたりの見た目はどんなふうなの？」

「完全にそっくりよ。ふたりとも、ホイットの黒髪とわたしのグリーンの目をしているわ」

「美人に違いないわね」マロリー自身も美人だろうと直感的に感じた。少なくとも、食事の間、けろりとして〝きれいだよ〟と妻に何度も呼びかけた夫のことばによれば。

「助けてくださる？　ルーシーにお乳を飲ませる間、マディーを抱いていてもらえるかしら？　もうほとんど眠っているわ」

マロリーにはほとんどわからなかったが、赤ん坊を抱くのを任せることによって、彼女のほうがジェンナに恩恵を与えていたのだ。

「よろこんで」

椅子が擦れる音が聞こえてマロリーが近づいてくるのがわかり、すぐに彼女のおぼろな姿が見えてきた。「念のために、あなたの肩にげっぷ用のタオルをおくわね。だけど、ルーシーと違って、マディーはお乳を吐かないの。だから、わたしはいつもルーシーにげっぷをさせる役はホイットに任せるのよ」

ジェンナはにっこりした。「夫って、ときには便利なものよね？」

「絶対よ。ホイットはいろいろなことで便利な人なの。そもそも、だからわたしは妊娠したのよ」

ジェンナはある程度は共感できた、離婚する前の数カ月、デイヴィッドと愛し合うことはまったくなかったけれど。それでも、デイヴィッドは子どもにはやさしくて、それが、その当時のジェンナにとっては、ただひとつの重要なことだった。

「ほら、ここよ」マロリーは、やわらかい赤ん坊をジェンナの腕の中においた。

ジェンナは子どもを慎重に肩に寄せかけ、そっと背中を叩きながら、またしても、過ぎ去った楽しい日々の苦くも甘い思い出に満たされた――赤ん坊の匂い、本当にやわらかい肌、手のひらに感じる小さな心臓の鼓動。「この感じがどんなにすばらしいか、わたしは忘れていたわ。こんなに小さい赤ちゃんを抱くのは久しぶりよ」

「甥《おい》が生まれるまで、わたしはこんなに小さい子を抱いたことはなかったわ。若いころベビーシッターをした経験もなかったし。でも、幸い、ステイシーがショーンで実習させてくれたの」

「わたしもベビーシッターをしたことはないわ」親がくれる以上のお金を稼ぐ必要がなかったことのほかに、そんな責任を担うには、自分で自分の衰えた目が信用できなかったのだ。「でも、わたしには息子がいるの」

「ローガンはお子さんのことはわたしたちに何も話していないわ」

「ローガンも今日まで知らなかったのよ。ジョン・デイヴィッドは今はわたしと暮らしていないの。あと二、三カ月はテネシー州にいて、父親と新しい継母と一緒に過ごすと思うわ」もし、デイヴィッドが我を通せば、ジェンナが角膜移植を受け終えても、さらにもっと長くなるかもしれない。

「お子さんはいくつ？」

「三歳半なの。最近はよく目を配っていないと、背を向けたとたんに何かをしでかすわ」

「お子さんと離れているのはつらいでしょうね。わたしは、せいぜい四時間、仕事をしたら、娘たちの顔を見たくてたまらなくなるわ。幸い、わたしのいる法律事務所には託児室があるし、わたしはパートタイムで働いているの」

マロリーのような母親の立場を実際に体験しなければ、それがどんなに大変なことかかる人はいない。「ジョンの父親とわたしは共同で親権を持っているの。彼がよその州で仕事に就くまでは、そのやり方でうまくいったわ。今は、わたしは子どもと過ごす順番を待たなくてはならないの。でも、毎日、ジョンと話はしているのよ」ジェンナは子どもの気に入りの歌を歌ったり、たわいのないお話を聞かせたりするが、やはり、自分の手で子どもをベッドに入れ、おやすみのキスをするのとは違う。

「坊やがあなたと一緒にいるときは、どういうふうにしているの？」

ジェンナはマロリーの率直さを気持ちよく思った。「楽なときばかりではないわ。でも、なんとかなるものよ、だれか人がまわりにいるように気を配れば」自分の子どもの世話をするのに家のスタッフのだれかの助けに頼らざるをえないとわかって、そのこと自体がむずかしくなってきている。

短い沈黙が流れ、揺り椅子が安定したリズムできしむ音がそれを破った。ジェンナはマディソンを腕の中に下ろし、チャンスを逃さないうちに、いくつかのことを尋ねようと決めた。「ローガンはどんな人なの？」

「哀れな男よ。顔のパーツが配られるとき、彼は配達テーブルの下に隠れていたんだわ」

そんなことは問題ではなかったとしても、ジェンナが描いていたローガンとはまったく違った。「わたしがきいたのは、彼が人間としてどんなふうかということよ。見た目は人柄ほど大切じゃないってわかっているわ」

「あら。最初に言うけれど、見た目のことは本気で言ったんじゃないのよ。実のところ、わたしはローガンはすごくハンサムだと思うけれど、わたしはひいき目で見ているんでしょうね。性格については、彼はすばらしい人柄よ。というか、そうだったわ。あるときまでは——」

マロリーのためらいがちなことばはジェンナをひどく不安にさせた。「どういうときまで?」

「ローガンが、フィアンセだったヘレナ・ブレナンていう、とんでもない女とごたごたするまでは」

ローガンが前の恋人の話を口に出したことはある。でも、婚約していたとは言わなかったと、ジェンナは思い起こした。最初に頭に浮かんだのは、これからは次々と意外な発見が出てくるだろうということだった。「何があったの?」

「ヘレナには分別以上のお金があったの。それに、ひねくれた面もね。彼女は妊娠を装ったの。ローガンを罠《わな》にかけて結婚させるために。幸い、ローガンは結婚式の前の晩に事実に気づいたのよ。手遅れにならないうちに」

ローガンはわたしがデイヴィッドにそれと同じことをしたと考えているのかしらと、ジェンナは自問した。実際は、ジェンナは結婚に抵抗し、そのうちとうとう、デイヴィッドと彼の父親とのふたりがかりの説得に根負けしたのだ。

「どれくらい前のことなの?」

「そろそろ一年だわ。それ以来、ローガンは真剣なつきあいを頑として避けているの、必ずしも女性を避けているのではないとしても。ローガンに一緒に過ごす女性がいなかったことは、それまでに一度もなかったのよ」

だからますます、ローガンが自分と一緒にいたがるなんて変だと、ジェンナは感じた。

「そんなにひどく痛めつけられたあとで立ち直るのは、大変だったに違いないわね。まして、その相手を心にかけていた場合には。わたしはローガンはその人を愛していたと思うわ」

「そのときにはそう見えたのよ」マロリーはため息をついた。「わたしにはローガンがヘレナの何に目を留めたのかさっぱりわからなかったけれど、それがローガンなのよ、簡単に言えば。いつでも人のいい点を見るの。高校のころ彼は、原則として世間からつまはじきにされているような男の子たちの味方になったし、卒業記念のダンスパーティーにはいちばん内気な女の子を連れていったわ。ローガンがだれにでも好かれる理由はそういうところなの」

そして、今の話でローガンが自分の味方になっている説明がつく――目の見えないかわいそうなジェンナの味方に。「それはすごく立派な性質だわ」

「そうね。だけど、それが彼があなたを連れてきた理由だと思うなら、考え直してね。ローガンは気がやさしいかもしれないけれど、あなたの場合には、彼は夢中になっているのよ」

考えるのもばかばかしい話だ。「彼とわたしは知り合ってから二十四時間もたっていないのよ。ローガンは夢中になってなんかいないと、わたしは誓って言えるわ。ただ、わたしにやさしくしてくれているだけよ」

「いいわ」マロリーが声をあげて笑うと、ルーシーが抗議するように小さくぐずった。「あなたの思いどおりに考えてけっこうよ。でも、わたしはローガンがあなたを見る目を見ているのよ。まるで、家の前で新車のコルヴェットを見つけたみたいな目で。わたしを信用してちょうだい。彼は絶対にあなたに関心を持っているわ」

ジェンナにはローガンが自分を見るようすがわからない以上、マロリーのことばをそのまま受け取るほかはなかった。それでも、今日のローガンの誘いに親切心以外のものがこめられているとは信じがたかった。「わたしの言うことを信じて、マロリー。ローガンとわたしは、ただのお友だちよ。真剣なことは何も起きていないわ」

「それで、兄さんとジェンナのことは真剣なものなのか?」

ローガンは、少し前にデビンとステイシーが去っていった道路を見つめ続けていた。

「彼女とは会ったばかりだ」

「じゃあ、答えはノーで、真剣じゃないんだな?」

ローガンは厳しい目でキーランをじっと見て言った。「わざと察しが悪くなっているのか?」

キーランはにっこりした。「違うよ。ただ、どうして兄さんが、食事の間ずっと彼女に飛びつきたいような目をしていたのかと考えているんだ」

「そんなことは絶対にしているものか」困ったことにローガンの口調がかなり言い訳がましくなってしまったので、キーランはさらに憶測を続けた。

「いや、していたよ。それに、兄さんは、真剣な関係は求めていないかもしれないが、彼女をベッドに連れていこうとは真剣に思っている」

「オーケー、それは認める。そのことは頭に浮かんだよ」ジェンナと出会って以来、一度ならず考えている。「しかし、それにはまったく意味がないし、そのために行動を起こすつもりもない」

キーランは大笑いした。「そうだろうともさ。兄さんが動物的な衝動を無視するのに成功する日は永遠に来ないよ」

勝手に言えばいい。キーランははしゃいでいて、ローガンが何を言っても考えを変えそうになかった。つまり、話題を変える潮時だということだ。

「ところで、シンディーはどこにいるんだ?」

「彼女とは半年前に別れた」

「知らなかったな」

キーランはローガンの背中を軽く叩いた。「兄さんは、バーで長々と過ごしたり、かわい子ちゃんをベッドに連れていくのに忙しすぎて、どんなことがまわりで起きているか知らないんだよ」

ローガンは家族の食事に顔を出さないことを後ろめたく感じるまいとしたが、あまりすっきりした気分にはなれなかった。「広い範囲を相手にして悪いことは何もないだろう。それに、ぼくは永続的な関係は求めていない」

「それはぼくも同じだ。しかし、ときには、物事は、そんなことをまったく予期していないときに起きるものだよ」

その厳しい教えをローガンはすでにヘレナとのかかわりで学んでいる。「誤解を正すためだけに言うが、ここを離れたら、ぼくはジェンナを家に送ってさよならを言うよ。で、それで終わりになるはずだ」

5

「今からすぐに、どこかきみがいなくてはならない場所があるかい？」

ジェンナは驚いた顔をしたが、そんなことをきいたローガン自身も彼女に劣らず驚いていた。少し前にキーランに言ったことと違って、ジェンナとすぐに離れる気持ちになっていなかったのだ。

「実は予定があるの」

ローガンはフォーダイスの屋敷の前に車を停《と》めてエンジンを切った。「だれか特別な人とか？」いったいどうしてそんなことをきいたのだろう？　それに、どうしてそんな嫉妬《しっと》しているような言い方になってしまったのか？

ジェンナは歯をのぞかせて笑った。「インターネットのシンクタンクをのぞいて、地球温暖化の解決策を探そうかと思ったの。でなければ、爪を塗るとかね、これはいつも大仕事なのよ」

がっくりしたにもかかわらず、ローガンは笑わずにいられなかった。「うまくいくように祈るよ」

ジェンナはローガンと向き合うように体を動かした。「説得されれば、わたしはすべての予定を延期するかもよ。あなたは何を考えているの？」

ローガンの頭にはいくつものことがあり、ジェンナにキスをするというのがリストの第一位だった。自分にとって何がいいのかを心得ていれば、その線の考えはすぐにもやめるはずなのに、どうやらそれがわからなかったようだ。「地球温暖化みたいな大問題は何も考えていないよ。しばらく話ができるかと思ったんだ」

「今、何時？」

ローガンは時計を見た。「もうすぐ七時半だ」

ジェンナは顔をしかめた。「それは残念。父は十一時まではベッドに入らないの。でも、とにかく中に入ってみて、父につかまって今日わたしたちが何をしたのか質問攻めにされずにすむ運を試してみてもいいと思うわ」

「ぼくはアヴェリーは怖くない」仕事の関係の心配はしている、たしかに。しかし、怖がってはいない。

「わたしと異性の問題になると、父はときには礼儀を忘れてしまうの。原則としてわたしが一緒に外出する男性はすべて面接しているのよ。そんなことをされたら、人とおつきあいをする気持ちに水をさされてしまうわ。どっちみち、わたしは最近あまり人づきあいをしていないけれど」

ローガンの人づきあいは活発だった——そして、空虚だ。「どこかで何か飲んでもいい」

ジェンナはシートベルトの留め具をはずした。

「それよりいい考えがあるわ。あなたに見てもらいたい場所があるの」

ローガンはもう少しできみの寝室かときそうになり、おろかな質問が口から飛びだす寸前に思いとどまった。「どんなところだ？」

「この変てこな車から降りたら、すぐに見せるわ」

ローガンは、ジェンナがひとりで外に出ようとする直前に、なんとか助手席側にまわるのに間に合った。彼女の頑固な面がまた顔を出している。両親の家でもすでに気づいていた。自立を目指すことがジェンナにとって重要らしいと感じて、ローガンは午後じゅうずっと、気づかれずに目を離さない一方で、彼女がひとりで行動するのを止めなかった。

ローガンと並んで歩きながら、ジェンナは、屋敷の裏側に続く敷石の道を杖《つえ》で探った。

「まだ日は沈んでいない？」

「沈みかけているところだ」

ジェンナはサングラスを頭の上に押しあげた。

「空はどんな色？」

「ブルーだ」

「もっと上手に言えるはずよ」

怪しいものだとローガンは思ったが、ジェンナのために努力した。「ブルーに濃淡のオレンジがまじっている。それから、ピンクも」

「細かい点まで目に留めると、すべてのものがどんなに前よりすばらしく見えるかわかるでしょう？」

ローガンはそれまで空の色についてあまり考えたことはなかった。それに、細かいことを言うなら、空よりもジェンナについてもっと詳しく知りたかった。ジェンナはまっすぐな鼻とふっくらした唇を持ち、茶色の髪に金色のハイライトがまじっている。メイクなしでも、ローガンが知っているほとんどの女性に劣らず美しい――それ以上かもしれない、内面と外面の両方で。

まったくもう。丸一日ジェンナと一緒に過ごし、空を描写させられ、詩的なことを言わされてしまった。こんな状況からは早く逃げださなくてはならない。きっかけができたらすぐにでも。しかし、一方では、もう少し長くいるという自分自身の望みがかなったのだ――良識が危機にあることを証明しつつ。

装飾的な鉄の門の前まで行くと、ジェンナは苦もなく扉を開けた。前にもここに来たことがあるのがわかる動作だった。

「ここはわたしの母の庭なの」赤れんがの小道を歩きながらジェンナは言った。両側にはさまざまな草や花、大理石の像、丁寧に刈りこんだ生け垣がある。「レイアウトは母が考えたのよ」

「ぼくの母もガーデニングには熱心だ。だけど、母の庭はこんなに凝っていないな」それもまた、ふたりの異なる生い立ちを思わせる点だった。

「わたしは園芸はあまり得意じゃないの。でも、花は大好きよ。わたしたち、天使のいる噴水のところに来ている？」

ローガンは近くを見まわし、コンクリートの目標物を見つけた。「右手の三メートルぐらい先だ」

ジェンナはローガンを残して足を速め、花でいっぱいの茂みの前で止まった。「これはジェミニというばらなの、だけど、母は〝ジェンナのばら〟と言っていたわ、わたしがジェミニの、つまり、双子座の生まれだから」体をかがめて花のひとつの香りを嗅《か》いだ。

「ということは、そのときどきで、あなたはわたしのどっちの面と出会うのか絶対にわからないというわけ」

これまでのところ、ローガンはジェンナのすべての面が好きだった。表側だけでなく背中の側も。ちょうどそのとき、ローガンの注意はジェンナの後ろ姿に集中していた。「きみは気が変わりやすいたちかい？」

ジェンナは肩越しににっこりしてみせた。「気が変わりやすいというよりもたくさんの面があると言われるほうがいいわ。安らぎや平穏に心を引かれるときもあるし、冒険が好きなときもあるわ。さあ、ここに来て、もっとよく花たちを見て。きれいよ」

「ぼくはあまり花には気がないんだ」

ジェンナは慎重にばらを一輪折り取ると、ローガンと向かい合った。「前はわたしも花のことなんかあまり気に留めなかったわ。もう見られなくなるまではね。ごたごたから逃れるという意味の〝立ち止まってばらの香りを嗅ぐ〟ということわざは、意味深長よ」ジェンナはローガンに近づいて花を差しだした。「嗅いでみて」

ローガンはマッチョのプライドをのみくだし、ジェンナの手首を握って、ばらの蕾《つぼみ》を鼻に近づけた。「いい匂《にお》いだ」

ジェンナは、ローガンに五カラットのダイヤを贈られでもしたような顔をした。「言ったでしょう」

ジェンナの顔は、ローガンからもっと別のものをほしがっているようにも見えた。ローガン自身は自分がジェンナに望んでいることがはっきりわかっていた――車の中でしたかったのと同じこと、さらには、キーランにタイミング悪く邪魔されるまで実家のキッチンでしたかったのと同じことだ。

ローガンはジェンナの手を自分の胸にあてて引き寄せ、ふたりの間にばらをはさんだ。ジェンナの杖が音をたてて地面に倒れた。

ジェンナに自分が見えないことはローガンにはわかっていた。それでも、ほとんど胸の内を見通されているような気がした。ほんの一瞬、自分の判断をどうかと思い、ジェンナにキスすることの代償を考えた。しかし、ささやくようなジェンナの声を聞いたとき、踏みとどまろうとは絶対に思わなかった。

「ローガン、何を待っているの?」

そのとき突然、あたりが野球場のように明るくなって、ジェンナは身を縮め、強い照明を避けてまぶたを閉じた。

ローガンはジェンナの目にサングラスを戻し、これは宇宙的な何かの力が働いているのか、それともジェンナの父親かと考えた。「お父さんがポーチの明かりをつけるとこうなるのかい?」

「これは防犯用の照明で、薄暗くなると自動的につくの。前から大嫌いだったわ。今はもっと嫌いよ」

ジェンナの声に苦痛の響きがあるのを聞き取って、ローガンは彼女をここにいさせてはならないと気づいた。「きみはもう家に入らないといけないんじゃないかな」

「たぶんね」

ローガンは杖を拾ってジェンナの右手に持たせ、左腕を自分の腕と絡めた。ふたりは黙って家に向かって歩き、ポーチに上がって玄関のドアから数歩のところで足を止めた。そこは陰になっていた。

「今日は誘ってくれてうれしかったわ」

ローガンもうれしかった、口に出す気持ちがある以上に。「みんな、きみと過ごすのを楽しんでいたよ」

「わたしもみなさんといて楽しかったわ。正直なところ、このごろ、わたしは人と交わる機会がめったにないの。だから、誘ってくださってありがたかったわ。あなたのご家族はすばらしい方たちね」

「押しつけがましいと感じる人もいるよ」ヘレナもそのひとりで、彼女はローガンに強く言われたときだけ、しぶしぶ彼の身内の集まりに顔を出した。

「みなさん、さわやかで誠実だわ」

ローガンも同じことをジェンナに感じていた。ふたりの間のこんな状態がどこに行き着くのか予想はつかないが、見定めたいと思った。「ジェンナ、きみにまた会いたい」

ジェンナは首を振った。「それはいい考えじゃないわ、ローガン。しばらくしたら、あなたはきっとわたしを負担に思うようになるわ」

「ナンセンスだよ、そんなことは」

「いいえ、本当よ。わたしには息子がいるし、自分の五センチ先も見えないし、しかも、わたしの父はあなたのクライアントなのよ」

「どれも問題じゃないさ」

「信じて。いずれは問題になるわ。お友だちとして別れるほうが、わたしには、むしろいいの」ジェンナは手を差しだした。「もう一度言うわ、すてきな午後をありがとう」

ジェンナの手を無視して、ローガンは言った。「ぼくはきみと握手したくない」

「何がしたいの、ローガン？」

「わかっているじゃないか」

「わたしのパンツの中に入るとか？」

「サイズが合わないよ」

ジェンナは声をあげて笑った。「わたしは救いの手を差しのべてもらう必要はないの」

「わかっている。それに――」

「わたしは、男性が見当違いな騎士道精神から誘いをかけてくれるのはいやなの」

ローガンはジェンナを腕の中に引き寄せて、自然の力や過保護な父親に邪魔されないうちに、キスをした。どういう定義に照らしても、無垢《むく》なキスではなかった。

ジェンナがローガンの肩に手をかけるとともに、杖はふたたび地面に倒れた。同時にローガンはジェンナのウエストに腕を巻きつけ、しりごみしないで、さっさと新たな段階にキスを進めた。ずっと消えない印象を残したかった。ジェンナの気持ちを変えたかった。すべりこむ自分の舌をジェンナの舌に迎え入れられると、ローガンは彼女を抱きあげて車に連れていきたい思いにかられた。

しかし、そこでジェンナは引き下がり、両腕を自分の体に固く巻きつけた。「わたしたち、こんなことをしてはいけないわ」

「もう、したじゃないか。それに、きみ自身、ぼくに劣らずこうなるのを望んでいた。きみは庭でぼくにキスするように求めたんだ」

「気力がくじけた一瞬のことよ。それに、今も、おそらく同じことが起きたのよ」

ローガンもそうだった。「あれはすごいキスだったし、きみにもそれはわかっていた」

ジェンナは地面を指さした。「杖を取ってくださらない？」

「状況によるね。ぼくの頭を杖で叩《たた》く気かい？」

やっとジェンナは笑った。「違うわ。だけど、わたしはわたし自身の頭を叩くべきかもね」

「一度の週末の分としては、きみは、もう十分に頭に怪我《けが》をしているよ」ローガンは体をかがめて杖を拾い、ジェンナの手に返すと、ついでに親指で彼女の手首をなでた。「ぼくはあしたから二、三日、仕事で街を離れるけれど、週の後半に電話する」

「ローガン、わたしはもうあなたと出かけるつもりはないわよ」

その口調に信念がほとんどこもっていないのを聞き取って、ローガンはもう少し努力すれば、この闘いに勝てるかもしれないと感じた。「さっきのキスについてしばらく考えたあとなら、気が変わるかもしれないよ」

ジェンナは挑むようにあごを突きだした。「あなたって、すごいうぬぼれを身につけているのね、ミスター・オブライエン」

「一方、きみはバーベキュー・ソースをドレスの上から身につけている、ミズ・フォーダイス。それから、とびきりの笑顔とすごい頑固さも」

「だれが頑固なの。こうだから、わたしたちの間は絶対にうまくいかないのよ」

「いや、うまくいくさ。あのキスのあとでは、きみだってとてもうまくいくとわかっているはずだ」

ジェンナはローガンの手をつかんで短く握った。「もう一度、ランチをありがとう。おやすみなさい、それから、さようなら」

ローガンに答える間を与えずにジェンナは家の中に入り、ドアを後ろ手に閉めた。ローガンはポーチにひとり取り残され、状況を推し量った。

プライドに受けた打撃は痛かったが、過去の経験から、押すタイミングと、タオルを投げ入れるタイミングは学んでいる。ジェンナ・フォーダイスについては、ここはタオルを投げるべきときのようだ。しかし、問題はプライドだけではない。本当のところ、彼はジェンナのすべてが好きであり、その思いは、ジェンナに気持ちを変えさせる努力をするだけの値打ちのあるものだろう。

「ジェンナ、わたしは、おまえにあの男にまた会ってもらいたくない」

ジェンナは杖で足元を探りながらロビーを進み、書斎に行こうとして父の横をすり抜けた。「その話なら、もうしたじゃないの、パパ。それに、心配することはないのよ。今夜かぎりで、もう、このことは問題にならないから」

「ポーチでおまえたちふたりの間に起きたことを見たかぎりでは、その点は疑わしいものだとわたしは思うがね」

そのことばで、ジェンナはふり返って父とまっすぐに向かい合った。「パパはわたしたちのことをスパイしていたの？」

「声が聞こえて、窓から外を見たんだ。そんなことはスパイ行為にはならない」

父がたんに自分を大人として扱ってくれたら、どんなにいいかと思う。「ロビーにひとつしかない窓はドアの脇《わき》にあるわ。つまり、声を聞くためにはパパはドアのところに立つ必要があるのよ」

「それでどう違うというんだ？」

ジェンナは杖の上で両手を組み合わせた。「わたしがだれと一緒にいて何をするかは、パパとは関係ないわ」

「わたしと関係があるとも。ローガン・オブライエンが絡んでいるからには」

父の態度は理屈を超えていた。「この何年か、わたしは、ローガンについてパパがいいことばかり言うのを聞いてきたわ。むしろ、すごいことをね。パパの話では、ローガンはビジネス界にとって神の恵みのように聞こえたわ。とても知的だとか、情け深いとか、長所のリストが延々と続いて」彼が熟練した唇を持っていることは言うまでもない――ジェンナがひそかにリストに加えた特性だ。

「それは仕事の上の話だ。今、言っているのは個人的なことだ。わたしはもう言ったはずだ、あの男には――」

「わかっているわ。女性関係の評判ね」あのキスを知った後は、その理由がたしかにわかる。「それから、パパに言っておくけれど、ローガンはわたしを丁重に扱ったわよ。それに、ふつうの人のように接してくれたの。このあたりにいる何人かの人たちが学ばなくてはならない教訓だわ」

「ダーリン、わたしは用心しているんだよ。おまえのことを気にかけているから」

「わかっているわ。それに、ローガンとわたしの間に起きたことは、まあ、ただのキスよ」

〝あれはすごいキスだったし、きみにもそれはわかっていた〟

ジェンナにも間違いなくわかっていた。ローガンに対しても、自分自身に対しても認めたくなかったとしても。「わたし、ジョンに電話して、それから寝るわ。長い一日だったから。おやすみなさい」

ジェンナは自分の前に何かが動くのがぼんやりと見え、続いて短いキスをほおに感じた。

「愛しているよ、ダーリン。この話はあとでしよう」

「わたしも愛しているわ、パパ。それに、この話はもうしないわ」

そう言いきると、ジェンナは仮のフォトギャラリーに入ってドアを閉め、隅にある気に入りの椅子に腰を下ろした。サイドテーブルの上にある受話器を手探りして取り、デイヴィッドにかけた。ベルが三回鳴ったとき「もしもし」という耳慣れた声が応《こた》えた。

「こんばんは、デイヴィッド、わたしよ。ジョンはまだ起きている?」

「ジンジャーが風呂に入れたばかりだ。出たかどうか見てくる」

息子と話すのを待つ間、ジェンナは自分の子どもをお風呂に入れている女性への嫉妬をねじ伏せようとした。息子の成長の節目を目にしている女性への嫉妬心を。でも、夫のデイヴィッドが人生を切り替えたとき、ジェンナは理解していたはずだった。そのことによって、次の配偶者がジョン・デイヴィッドの母親代わりを務めるようになるという複雑な事態さえありうることを。

かたんという音が聞こえたあと、かわいい声が言った。「ハーイ、ママ」

「ハーイ、ダーリン。お風呂はよかった?」

「うん。船で遊んだの。ママ、あててみて」

「何？」

「パパとジンジャー・ママがぼくを船に乗せてくれるの。海で大きな船に」

思いがけないニュースを聞いてのどにつかえたかたまりを、ジェンナはどうにかのみくだした。それに、子どもがデイヴィッドの新しい妻を〝ママ〟と呼んだ事実も。「いつ船に乗るの、ダーリン？」

「あしたの朝。だから、早くベッドに入らなくちゃいけないの」

ジェンナはまさしく何も知らされていなかった。「ママにおやすみのお話をしてもらいたい？　それとも、先に歌を歌う？」

「今はいいよ、ママ。船に乗るために先に飛行機に乗らないといけないってパパが言ったの。だから、ぼくは寝なくちゃいけないんだって。ママもぼくと一緒に船に乗れる？」

そうできさえしたら。「今度はだめなのよ、ダーリン。だけど、いつもママが言っていることを忘れないでね。あなたにママが見えなくても、ママはいつもどこにいるんだっけ？」

「ぼくの胸の中」

「そのとおりよ」

「ぼく、空の広さと同じぐらい、うんとママが好き」

ふたりの夜の決まり文句を息子がすすんで口にしたことで、ジェンナの憂鬱《ゆううつ》な気分はやわらいだ。

「ママは木の高さと同じぐらい、とってもあなたが好きよ」

「ぼくは星の光と同じぐらい、すごくママが好き」

「ママはあなたがいつまでもいつまでも好きよ」

「ぼくね、ママの写真をスーツケースに入れる。そうしたら、ママはぼくと一緒に船に乗れるね」

その日ジェンナがローガンに見せたのと同じ写真だ。息子と一緒に撮った最後の写真だった。

ジェンナは、こみあげかける涙を押し返そうとして、一瞬、目を閉じた。「お船を楽しんでね、ダーリン。じゃあ、パパに電話に出てもらって」前の夫に話すことがいくつかあった。

「バイバイ、ママ。パパと代わるね」

「クルーズのことを聞いたようだね」デイヴィッドが言った。

ふたたび怒りが忍びこんできた。「聞いたわ。あなたが最初に話してくれるべきだったのにね」

「急な話だったんだよ。ジンジャーの両親がぼくの誕生日のために、船旅の計画で驚かせてくれたんだ。きみの許しを得るまで行くとは言わないなんてことはできなかった」

ジェンナはデイヴィッドの言い訳に乗らなかった。

「あなたの誕生日は四月よ。つまり、あなたはこの話を二カ月も前から知っていたんだわ。それに、せめてわたしと話し合うことはできたはずよ」

「忙しかったんだ」

「わたしは毎晩、電話をかけているのよ、デイヴィッド。計画を知ったとたんにわたしに話してくれるべきだったのに」

「本当に正直のところ、ぼくは、きみにこの旅のことで思い悩む時間を長々と持たせたくなかったんだ。だから、早い時期に言わなかったんだよ」

ジェンナの怒りは暴風のような激しさで湧《わ》きあがった。「思い悩んだりなんかしないわよ」

「いや、きみはきっと思い悩んだ。きみはジョン・デイヴィッドのことを心配しすぎる」

「あの子はわたしのたったひとりの子どもなのよ、デイヴィッド」おそらく、これから先もたったひとりしか持たない子どもだ。「ジョンの幸せを気にかけることや、あの子の予定を知らされることは、母親としてのわたしの権利だわ」

「きみはあの子のようすを見るべきだったよ、ジェン。今日の午後、旅のことを聞かせたら、すごく興奮して、すぐさま、持っていく物を詰めはじめたよ。きみは、今になって、ぼくがジョンに行けなくなったなんて言うのを望んでいるのか？」

そんなことを願うのはわがままだ。「もちろん、違うわよ。わたしはただ、心配なの――」

「あの子が手すりに近寄らないようにぼくが気をつけるし、ぼくたちの目が届かないところには行かせないよ」

デイヴィッドはジェンナを知りすぎている。「約束する？」

「約束するさ。じゃあ、もう、行って荷造りをやってしまわなくては」

ジェンナはまだ、そんなに簡単にデイヴィッドを解放する気にはなれなかった。「どれくらい出かけているの？」

「あしたの朝、フロリダに飛んで、次の土曜日に帰ってくる」

「船から電話をかけてね、いいわね？」

「ほんの数日のことだよ、帰ったらすぐにかけるよ」

ジェンナはそれほど何日も子どもと話をしないことには耐えられなかった。「せめてそれくらいはできるでしょう、デイヴィッド。ジョンから一度、電話してもらいたいだけよ。わたしはそこにいられないんだから、あの子が楽しく過ごしているのを知りたいの」

「ジョンはきっとすばらしく楽しむさ。日曜日の晩に電話するから、そのとき、あの子はきみに旅の話をたっぷりできるよ」

デイヴィッドが抵抗するのを憎らしく思いながらも、ジェンナは強く押すことはできなかった。「いいわ。ジョンから電話をもらうのを待っているわ。わたしの代わりにあの子にキスをして、よく面倒を見てね」

「そうするよ。おやすみ」

　電話を切ったあと、ジェンナは軽いののしりのことばをもらし、涙を少しこぼした。自分は毎晩、電話をかけることしかできない一方で、デイヴィッドには、一生忘れないような冒険を子どもに味わわせる力があることに腹が立った。心の底から腹立たしかった。

　こういうとき、ジェンナは自分の障害が憎くてたまらなかった。丸一週間、息子のことを心配する立場を強いられ、毎晩、子どもの声を聞かずにベッドに入ることになるのが、たまらなくいやだった。

　いずれ近いうちに自分の視力が戻り、子どもと一緒にいられるようになるのを願うほか、ジェンナにできることはなかった。さしあたりは、悩みから頭を切り離すために、しなくてはならないことをしようと思った。これからのさびしい時をどうして満たしたらいいか、今はなんの考えもなかったが。

「カンザスのミーティングはどうでした、社長？」

　ローガンは、一時間以上も見つめていた書類からボブへと目を上げた。ボブは戸口に立っていた。

ボブは大きなおなかの下からパンツを引きあげると、ゆっくりとデスクに歩み寄って、すすめられもしないのに椅子を引いた。「じゃあ、飛行機を買うんですか?」

それはまだ考える余地があった。その取引を決めるのに十分な資金はある。しかし、もっと資本を増やしてもいい。順調なビジネスを築きあげた後は、利益を放出することについて、どうしても相反する考えを抱いてしまう。さらに、そこにはアヴェリー・フォーダイスとの関係も入ってくる——彼が協力すると決めるかどうかだ。

「うまくいったよ」

「決めたらすぐにきみに知らせるよ」

なおもボブにしげしげと見続けられて、ローガンは、まだ残っていた忍耐心をなくした。

「ほかに何かあるのか?」

「ただ、社長が何にそんなに気を取られているのかと思って」

小柄なブルネットの女性にだ。この二日間、ジェンナを頭から、というか、夢想から払いのけられない。「気を取られているんじゃない。ぼくは疲れているんだ。長い二日だったから」

「休暇を取ったらいいですよ。ほんの二、三日でも社長が最後に休みを取ったのがいつだったか、思いだせませんね」

ローガンも思いだせなかった。「今現在、それは優先事項じゃないんだよ」

ボブはわずかな髪を手でごしごしこすった。「ねえ、社長、わたしはもうずっと前に知りましたよ。社長は自分が燃えつきるまで、朝から晩まで働ける人だって」

少なくともローガンは燃えつきてはいなかった。今はまだ。「ありがとう、休みをすすめてくれて。じゃあ、ビジネス関係で話がなければ、おたがいに仕事に戻らなくてはな」

ボブは椅子を後ろに押しやって立ちあがり、困った顔をした。「社長に会いに来ている人がいるんですがね、仕事じゃありません。個人的なお客です」

なんとも遠まわしに言いだしたものだ。「それで、きみはやっと今ごろ、それをぼくに知らせているわけか？」

「社長が、忙しすぎて会えないと考えるかもしれないと思って」

ローガンは、会いたくない人物をすばやく考え、ふたり思いついた。ひとりはいつも必ず長居しすぎるクライアントだった。もうひとりは前の恋人だが、彼女がこのオフィスに現れるのは、地獄が凍りついたころだろう。「だれだか教えてくれ。そうしたら、会えるかどうか言うよ」

「ミズ・ブレナンですよ」

地獄の気温が北極並みに変わったようだ。「何が目的なんだ？」

「きいていません。彼女はただ、社長に二、三分お会いしたい、大事なことだと言っています」

ローガンにはヘレナが何を言おうとしているのか想像がつかなかったし、自分がそれを聞きたいかどうかもわからなかった。しかし、さっさと片づけたほうがいい。ヘレナならオフィスに押し入ってくるだろうから。「通してくれ、ただし、時間は十分しかないと言ってくれ」追い払うのは早ければ早いほどいい。

「わかりました、社長」

心がまえをする間もないうちに、ヘレナ・ブレナンがつかつかと入ってきた。最後に顔を合わせたときと、つまり、ローガンが結婚を取りやめようと言った夜と、まったく変わりなく見える。典型的な金髪美人で、長身、長い脚、すばらしい体。かつてローガンはその体を親密な意味でくまなく知りつくしていた。ところが、今日のヘレナの装いはオーダーメイドの白のスーツで、彼女のいつもの〝ほら、見てよ〟という基準より控えめだし、髪は後ろに引いて丸くまとめている。実際、ほとんど、品よく落ち着いた姿に見えた。

「こんにちは、ローガン」ヘレナは立ち止まってあたりをじろじろと見た。「内装を新しくしたのね」デスクの縁に手をすべらせた。「わたし、このクロムイエローが好きだわ」

ローガンはそれに答えもせず、立ちあがりもしなかった。母が見たら、かんかんに怒るに違いないマナーだ。少し前にボブが座っていた椅子を手で示して、ローガンは言った。

「かけてくれ」

ヘレナは言われたとおりにし、両手をきちんとひざの上で組んだ。「わたしは、ほかのだれよりもあなたが今日、会うとは思っていなかった人間でしょうね」

だれよりも会いたくなかった人間だ。「なんのために来た?」

ローガンの荒々しい口調にヘレナはたじろいだ。「あなたに話さなくてはならないことがあるの」

ローガンには話の行き先がはっきりわかっていた。「もし、きみが和解したいのなら――」

「わたし、結婚すると言いに来たの」

それは予想外のことだった。さらに、うぬぼれに打撃を受けたことも否定できなかった。

「ぼくは社交欄で読んでいても当然だったな」

「まだ正式に発表していないの。それに、あなたには最初にわたし自身から聞いてもらいたかったのよ。あなたに対してそれくらいの義理はあると思ったから」

まるで、ローガンがヘレナのすることや、相手がだれなのかを本当に気にかけているような言い方だった。

「だれなんだ、その不運な男は?」

「ランドルフ・モリソンよ」

昔からの金持ちどうしの結びつき。予想どおりだ。「合併おめでとう」

ヘレナの青い目に怒りが燃えた。「お知らせまでに言うけれど、彼はわたしを愛しているわ。あなたには信じがたいかもしれないけれど」

一年前にはローガンも、自分はヘレナを愛していると思っていた。「きみたちふたりが長く裕福な人生を一緒に送ることを願うよ」裕福なのはすでに決まっている。

ヘレナは椅子の上でかすかに体を動かした。「あなたと離れていた一年で、わたしは、わたしたちの関係はだめになる運命だったと気がついたの。それに、その理由もね」

「それはきみが妊娠しているふりをする前のことか、それともあとか？」

ヘレナの視線が一瞬、揺らいだ。「そのことは悪かったわ。世間で言うでしょう。必死になった人間は必死なことをするのよ。わたしはあなたを引き留めようと必死だったの。でも、わたしは変わったし、そのことについてあなたに感謝しているわ」

ローガンには信じがたかった。「どういう意味だ？」

「わたしが男性について大切だと感じる点に関して、あなたはわたしの目を開いてくれたのよ。そして、わたしはそれをランディーの中に見つけたの。今、わたしには、わたしたちがうまくいかなかった理由がわかるわ。わたしが原因だったのと同じくらいあなたにも原因があったのよ。わたしの結論を聞きたいかしら、将来のおつきあいの参考までに？」

ヘレナの意見は聞きたくもないし、その必要もなかった。「長くかかるかい？　二、三分のうちに電話会議があるんだ」三十分後というほうが近かったが、早くヘレナにこの場から、そして、彼の人生から、永遠に出ていってもらいたかった。

ヘレナは、非の打ちどころのない弓なりの眉を吊《つ》りあげた。「ローガン、あなたは、建設的なちょっとした批判を受け入れるのが怖いの？」

　ヘレナにはだれでも批判する権利があるかのような口ぶりだ。「言ってくれ、それできみの気分がよくなるのなら」

「よかった」ヘレナは身を乗りだして、厳しい目でローガンをまじまじと見た。「あなたはすばらしい男性だし、善良な心を持っているわ。それから、ビジネスで成功しようとする気持ちにかられている、駆りたてられすぎていると言ってもいいくらいだわ。でも、困っている他人に対しては気前がいい。セクシーで刺激的なことばを使って女性を丸めこみ、ベッドに入れる名人ね。それに、そのことばを裏づける才能や技も備えている。わたしはそれをだれよりもよく知っているわ」

　ヘレナがためらうのを見て、ローガンは、人格のこきおろしの最悪の部分はこれからなのだと気がついた。「しかし？」

「女性のお友だちになるにはどうするのか、あなたはさっぱりわかっていないのよ」

　ローガンは体がこわばった。「それはまったく違うね」

「本当？　じゃあ、わたしの好きな色を言ってみて」

　急いで考えろ、オブライエン。「茶色だ」

「違うわ」

て。

「こんな話に意味があるのか、ヘレナ?」前の男の欠点をあげつらうという意味をのぞい

ヘレナは椅子から立ちあがり、バッグを腕に抱えた。「ポイントはね、もし、あなたがいつか、ほかの女の人と真剣につきあうようになったら、何度か夕食に連れていって、その人について知ろうとしてもいいということよ、ベッドに誘う前にね。いろいろ質問して、あなたが彼女の体だけでなく気持ちにも関心があるとわからせることね。そうすればどんなに違うか、あなたはきっとびっくりするわよ」

ヘレナはとんでもなく間違っている。一緒にいた間、自分たちは数えきれないほど何度も食事に出かけた。出会った最初の夜にベッドに連れていったのは本当だとしても、ビジネス関係の催しにも何度もふたりで出た。そして、デート中にヘレナの頭にあったことはただひとつ、夫探しだった——それと、ショッピングだ。

昔の非難を蒸し返すのはくだらないとローガンは思った。過去は過去だ。「きみの意見はちゃんと心に留めたよ。何かほかに言いたいことは?」

「何もないわ、あなたのタフなうわべの陰には、表に出て輝くのを待っている本当にすごい男がいると、わたしにはわかっているから。そうなるためには、特別な女性が必要でしょうね。あなたがそういう人を早く見つけるように祈るわ」

ヘレナはさっと身をひるがえし、腰を振りながら出ていった——かつてローガンが知り、

愛していると思っていた前のヘレナをちらりとうかがわせて。

ローガンはヘレナの厳しい評価をひどく不愉快に感じた。自分が女性にまったく気配りをしない、セックスを求めるだけの浅薄な男だという彼女の見方をばかにした。彼女のことばに――主として、友だちがどうとかいう部分で――いささかの真実があると気づいたのがいやでたまらなかった。

実際は、ローガンとヘレナが友だちだったことはまったくない。ふたりは楽しい時を過ごし、すばらしいセックスをともにしたが、それ以外では共通点はほとんどなかった。ヘレナは、スポーツが好きでなく、ローガンの兄弟たちも嫌った。マニキュアなしで一週間を過ごすのは彼女の考えでは不自由な生活だし、車が四台入るガレージから父親の大邸宅まで歩くのが、彼女がしてもいいと思う唯一のハイキングだった。

いつか自分が女性に対して友情と情熱の完璧《かんぺき》な融合を見つけるようになるなんて怪しいものだとローガンは思った――すでにジェンナ・フォーダイスに見つけているのでないかぎり。問題はそれだ。ジェンナと気軽な関係以上のものを作りあげるには、不利な条件がいくつもある――彼女の父親、さらに、彼女自身がまた会うのを拒んでいるというささやかな問題。

もしかしたら、考え直すようにジェンナを説得できるかもしれない。もしかしたら、自分だって女性と完全な友情をはぐくめることを自分自身に対して実証できるかもしれない。

たとえ、もう三晩も自分の汚らわしい夢を占め続けてきた女性であっても。

失敗する覚悟をしておけばいい。ジェンナにもう一度会うのを断られた場合に備えて、あるいは、たとえ断られなかった場合でも。最終的にこれがどういう結果になるのか確信は持てない。それでも、絶対に当たってみる価値はある。

6

肩を揺すられるのを感じて、ジェンナはヘッドフォンを耳からはずした。「何、サーシャ?」

「お邪魔してすみませんけれど、お電話です」

この二日間、ジェンナは息子とまた話せるようになるまでの時間を数え続けてきた。デイヴィッドが考え直してくれて、待つのが終わったのだといいけれど。「ジョンから?」

「いいえ、おとなの男の方です」

急激に気分が沈んだ。「その人は名乗ったの?」

「お友だちだとおっしゃいました。それから、ばらを楽しんだと」

その説明に合いそうな人はひとりしか考えられない。「出るわ」にこやかな声を聞くためだけでもいい。ふさぎこんだ状態から頭を切り替えられるものならなんでもよかった。

サーシャは受話器をジェンナの手にのせた。書斎のドアが閉まる音を聞いてから、ジェンナは電話に向かって言った。「もう一度うちの庭を見るために招待されたいのかしら?」

「悪い考えじゃないな。だけど、かなり時間が遅いね」

ジェンナとしては、これ以上いいタイミングはなかった。「わたしは、まだぱっちり目が覚めているし、たぶん、ほとんど一晩じゅう、起きているわ」

「どうして？」

「気を悪くしないでね。でも、わたしはほかの人からの電話を期待していたところだったの。で、その人じゃなかったので少しがっかりしているの」

「へえ、ほかに出番を待っている男がいるのか？」

奇妙なことに、ローガンの声は沈みこんだ感じに聞こえた。

「そうよ。小さな男の子。日曜日以来、息子と話をしていないのよ。息子の父親と新しい母親がクルーズに連れていっているの」

「子どもが恋しいんだね」ジェンナをまだほとんど知らない男が、正確に彼女の気持ちを推し量った。

「そのとおりよ」

「きみがだれかと一緒にいたい感じなら、そう言ってくれ。三十分後には迎えに行く。ドライブに行ってもいいし、コーヒーを飲んでもいい」

ローガンの説得力のある声は誘惑として効きめがあったが、良識が言い聞かせた――こんな無防備な気分のときに間違いを犯す危険のあることをしてはいけないと。「誘ってくださるのは、ありがたいけれど――」

「ちょっと待っていてくれ」数秒間、声が消えたあと、ローガンは電話に戻ってきた。

「このほうがずっといい」

「何をしていたの?」

「服を脱いだ」

ジェンナは頭の中でその光景を細かいところまで思い描いた。それが正確かどうかはまったくわからなかったが。「あなたは、女性と電話で話すときに服を脱ぐのが習慣なの?」

ローガンの笑い声は信じがたいほど魅惑的だった。「全部、脱いだりしていないよ、首のまわりのいまいましい紐《ひも》と窮屈なシャツだけだ。ぼくは、スーツやネクタイは必要なときしか身につけない」

「アウトドア派の言うことね」

「元アウトドア派だ。最近は、ぼくはオフィスか空港のどちらかに閉じこめられている」

ジェンナはその気持ちに共感できた。ただ、ジェンナの場合は、家が――それに、視力をなくしたことが――閉塞《へいそく》状態の原因になっている。「あなたの言っていることはわかるわ。わたしは長い散歩ができなくて本当にさびしいの。新鮮な空気や木々が恋しいわ。わたし、松の木が大好きなの」

「ぼくもだよ。で、今晩コーヒーを飲みに行くよりいい考えを思いついた。この週末、ぼくたちはキャンプに出かけるべきだよ」

ジェンナはショックをのみこんだ。「本気で言っているの?」

「そうさ。ふたりとも、日常から離れるために少し時間を使ってもいい。友だちどうしの旅だ。オザーク山地にきみが楽しめそうなアーカンソーの州立公園がある」

ローガンと一緒に州の外まで出かけるなんて想像がつかない。そう思いつつ、実は想像できた。想像するべきではないことなのに。「友だちどうしのキャンプ旅行ですって?」

「そうさ。なんの期待もない。いい相棒といい会話、それだけだ」

ジェンナはイエスと言いたい気持ちに強くかられながら思い直した。「アーカンソーはかなり遠いわ」

「週末まで待たないで金曜日に出かければいい。きみがその気なら、行っただけの値打ちのある旅にぼくがしてみせる。ぼくはキャンプにかけてはエキスパートなんだ」

ローガンの熟練した技は、キャンプをはるかに超えたところにまで及ぶのではないかしらとジェンナは思った。「それには、ちゃんとしたテントを張ることも入っているんでしょうね」

「そうだ。それに、きみが手伝ってくれれば、記録的な速さで仕上げてみせるよ」

ジェンナは、ローガンの口調にこめられたほのめかしを無視できなかった。あるいは、それを聞いて自分の体がぬくもる反応も。「自信たっぷりのキャンパーらしく聞こえないわね、全然。火をおこすのはどうなの？」

「相当うまいよ。ゆっくりと始めるのが好きだ。そのあと、鋼を溶かせるほど熱くなるまでかきたてるのがいい」

ジェンナはまさしく鋼を溶かせるほど熱くなっていた。「こつはなんなの？」

「いい薪《まき》さ」

こんな挑発的な会話は今すぐやめないと、小さな火おこしのために今夜ローガンに会うのを承知してしまうことになる。もっと悪くすれば、週末、一緒に出かけてもいいと言ってしまうかもしれない。「あなたは友だちどうしの旅以上のものを期待しないと、たしかに言えるの？」

ローガンはため息をついた。「たしかだ。ぼくがそれ以上を期待している印象を与えたことについては謝るよ」

ほんの少し前には、ぬけぬけとセックスを絡めた話を押しつけていたのに、巧みな切り替えだ。それでも、ローガンを信用していいかどうかジェンナには確信が持てなかった。というか、それを言うなら、自分自身を信用できるかどうかがわからなかった。

「もう一度言うわ。すごく楽しそうだけれど、この次にするわ。ジョン・デイヴィッドがわたしと話したがった場合のために、電話に出られるようにしていたいの」

「子どもははるかかなたにいるんだよ、ジェンナ。それで、ぼくはきみの気を散らすことをすすめているんだ」

ローガンはすでにジェンナの気を散らし、その上、彼女がとうてい考えられないことを提案していた。「こんなに目が悪くては、あなたはわたしを連れていったら、ひとりで行くよりも重荷を背負いこむことになるわ」あるいは、ほかの女性と行く場合よりもだ。ローガンには出番を待っている女性が何人もいるにきまっている。

「考えてみると、きみが正しいかもしれないな。設備が少ないところはきみには楽しめないかもしれない。マッサージ師も美容師も三十キロ以内にはいない。ぼくと野生の生き物と火、それだけだ」

わたしの好みについてローガンは間違っている。徹底的に間違っている。「この間も言ったように、わたしは目が見えなくなる前はよくハイキングをしていたのよ。テント張りや火おこしはとてもうまいわ。甘やかされる必要はないし、人の踏み跡をたどるのも簡単にできるわ」

「じゃあ、実際に見せてもらいたいね」

ジェンナは少しためらい、ローガンが仕掛けた餌《えさ》に釣られた自分をなじった。わたしときたら、大胆にもローガンと三日も過ごすつもりなの？　自然と触れ合う三日間、長い間していなかったことだ。私的な牢獄《ろうごく》になってしまっている父の屋敷から離れる三日間。友情しか求めないと言い張るにもかかわらず、女性の誘い方を知りつくしている男と過ごす三日間。

「いいわ、話は決まりよ」ローガンの熟練の技に自分が耐えきれることを願うばかりだ。

「よかった。金曜の朝早く迎えに行くよ。そして、日曜には、きみが子どもと話すのに間に合うように家まで送る」

ジェンナは朝はあまり得意ではなかった。「早いって、どれくらい？」

「丸一日のドライブになるから、朝の五時を考えている。お姫さまが美容のための睡眠を欠いては生きていけないというのでなければね」

コーヒーを入れた大きな水筒を持ち物のリストのトップにおくようにとジェンナは心に留めた。自分をお姫さまと呼ぶ危険について話すことはさらに大切だ。「支度しておくわ」

「よかった。もうひとつ――」ローガンは一瞬ためらった。「――きみの友だちでいることについてはぼくは本気だよ、ジェンナ。今は、ぼくたちにはそれが何よりも必要だと思う」

たしかに心がこもった言い方に聞こえた。「ローガン、あなたは本当にそんなことができるの？　女性に何も求めずに、たんに友だちでいるなんてことが？」

「ベストを尽くすつもりだよ。だけど、きみの助けが要るだろうね」

言い替えれば、もし、ローガンが約束を守れなかったら、わたしのほうが彼に抵抗するために二倍の努力をしなくてはならないことになる。あるいは、わたしは抵抗しようとしないかもしれない。要するに、禁欲は何もほめそやされるものではない。ふたりとも結婚に親の同意が要る年齢を超えている。そういう状況になれば、目の前にチャンスがある間にそれをつかもうとわたしは決めるかもしれない。「もうひとつ。あなたとわたしのどちらが父に知らせるの？」

「きみは荷物をまとめる心配だけしてくれ。アヴェリーのことはぼくが引き受ける」

「ローガン、あなたは本当にこんなことをしたいの？」

「本当にだ。悪いことはないだろう？」

「オブライエン、わたしがきみの立場なら、すぐさま、まわれ右をしてドアから出ていくところだ」

これまでにもローガンは何人かの父親から脅されたことがある。しかし、その中にビジネスの相手はひとりもいなかった。もし、ふたりが会議の席についているのなら、ローガンはもっと巧みにアヴェリーと交渉し、話をつけられるだろう。その男の娘をこれから連れだすために居間で待っているという場面でなければ。アヴェリーは、いつものシルクのスーツではなくブルーのローブ姿だったが、それでもひどく手ごわく見えた。しかも、もし、ローガンが言うことをきかなければ、かたわらの暖炉の火かき棒を取って串刺《くしざ》しにしかねない顔つきだった。

残念だ。ローガンはジェンナを連れずにそこを出ていくつもりはまったくなかった。

「アヴェリー、たった二日のことですよ」

「きみはどうしてこんなことをしようとするんだ？」

ローガンはまさにそれと同じことを自分自身に何度も問いかけていた。いちばん重要な答えはこうだった――彼にはヘレナは間違っていると証明する任務がある。それに、自分は今のジェンナと同じ立場にある。意義のある人づきあいから孤立している。ただ、自分の孤立は自分からそうしているのだが。「お嬢さんは何かする必要がありますよ、子どもからの電話を待ってじっと座りこんでいるだけでなくて」

「きみにはわたしの娘に何が必要かなど、まったくわかっていない」アヴェリーはローガンに指を突きつけてどなった。「それに、これまできみが数えきれない女性を捨てたように、わたしの娘もほうりだすのを手をこまねいて見ていると思ったら、とんでもない間違いだ」

アヴェリーも出席する社交の場に毎回、違う女性を連れて顔を出すようなおろかなことをするべきでなかった。「そんなことをするつもりはありません。ぼくたちはたんなる友だちです」それは、この週末じゅう、忘れないようにしようと自分に誓っていることだった。もちろん、ジェンナをすべての意味でもっとよく知ることはかまわないが、手は出さないと心に決めている、たとえ、その間に死ぬほど苦しい思いをしようとも。

「もし、きみが本当にジェンナにとっていちばんいいことを心にかけているのなら、どうしてヒューストンで食事に連れていけないのか、わたしにはわからない。キャンプの旅とやらのために何千キロも離れたところまで連れだす代わりに」

礼儀のためと今後の取引のために、ローガンは癇癪《かんしゃく》を懸命に抑えつけた。「ぼくたちはアーカンソーに行くんですよ、アヴェリー。タヒチじゃなくて」

「わたしはタヒチのほうに賛成するよ」

ローガンとアヴェリーは同時にふり向いた。ジェンナが戸口に立っていた。黒のナイロンのバッグを肩にかけ、ウォーキング用のストックに見える杖《つえ》を手にして、足元には大きな黒のバックパックがおいてある。

「この時期にはタヒチは混雑しているそうですよ」ローガンはそう言ったすぐあとに、こんな言い方では自分がジェンナを独り占めしたがっているように聞こえてしまうと思った。アヴェリーがにらみつけているのは、おそらくそのせいだ。ジェンナのカーキ色の膝上丈のショートパンツ、白の袖《そで》なしのブラウス、ハイキングブーツという装いを長々と眺めていたのもたぶん、よくなかった。しかも、素肌の腕と素肌の脚という致命的な組み合わせが――ジェンナのような小柄な女性としては腕も脚も引き締まっている――意味するものはただひとつ、大変なトラブルだ。見ないように目を伏せていないと、身の破滅になりかねない。ジェンナの父親の手で絞め殺されて。

アヴェリーはジェンナの横に行って肩を抱いた。「考え直すのに遅すぎることはないんだよ」

「わたしは行くわ、パパ。話は終わり」

アヴェリーは眉根を寄せて深刻な顔をしてみせた。「おまえを説き伏せてやめさせることはできないんだね?」

ジェンナは父のほおにキスをした。「パパはゆうべ説き伏せようとしたじゃないの。それで、何も変わっていないわ」

アヴェリーはあきらめたように見えた。「じゃあ、アレルギーの薬は荷物に入れたかい?」

「入れたわ。それから、目薬、歯ブラシ、下着、熊《くま》よけもね」ジェンナは指をぱちんと鳴らした。「いやだ、熊よけはなかったわ」

アヴェリーが不安そうな顔をすると、ローガンが引き取って言った。「ぼくたちが行くところでは、その点の心配はしなくていいと思うよ」

「そう言えば、道路が混雑しないうちに出かけないといけないんじゃない?」

「そうだね」ローガンは戸口のところに行って、ジェンナの荷物を取りあげた。「車で待っていてくれ、ぼくはアヴェリーにキャンプ場への連絡方法を教えたらすぐに行くから」

ジェンナはにっこりした。「いいわ。ミスター・フォーダイスを安心させたらすぐに来てね――わたしたちは即席の結婚式のためにラスベガスにはせつけるわけではないし、タヒチに行くのでもないって。じゃあ、日曜日にね、パパ」

ジェンナはローガンを父とふたりだけにして、杖を手にさっさと部屋を出ていった。アヴェリーはまたもローガンを険しくにらみつけた。「きみと娘がどこにいるのか、全期間について知っておきたい」

ローガンは空いた手でジーンズのポケットを探り、紙切れを抜きだしてアヴェリーに渡した。「これがキャンプ場とぼくの携帯電話の番号です。ぼくの番号はあなたはもう持っていると思いますが。緊急の場合は遠慮なくかけてください」

「あるいは、角膜が得られるという電話が入った場合もだ。ジェンナにはヒューストンに戻ってくる制限時間があるんだ」

ローガンはジェンナが移植を受けられなくなる可能性を考えたことはなく、彼女がそのことを口にしたことがないのに驚いた。「もし、あなたが連絡の電話を受けた場合は、必要なら、ぼくは彼女を飛行機に乗せます」

アヴェリーは銀髪を手ですいた。「ローガン、きみにはジェンナについて学ぶべきことがたくさんある。きみが少しでも娘のことがわかっていれば、彼女が飛行機に乗るのが大嫌いなのを知っているはずだ。特にひとりでは」

「覚えておきます」必要とあれば、チャーター機を雇ってジェンナと一緒にテキサスに帰ってこよう。「ところで、飛行機のことですが、ぼくは月曜日にウィチタの航空会社の人間と会いました。あなたがまだぼくと組む気持ちがあるなら、ぼくは年明け以降、ジェット機を使った送迎サービスに応じられます」

アヴェリーはひげののびかけたあごをなでた。

「それはなりゆきによる。きみが娘を無傷で連れ帰ったら、わたしはよろこんできみを金銭的に支援する。そのあと、きみが娘に近づかないかぎり」

事業家としてのアヴェリーは残酷になれる人間だとローガンは知っていた。しかし、娘を駒《こま》として使うほど極端なことをするとは思っていなかった。「その件は来週、話し合いましょう」

「来週、必ず話す」

ローガンはアヴェリーの口調を、それに、疑わしく思われていることを気にしなかった。

「ビジネスに関してあなたはこれまでずっとぼくを信頼してくれましたね、ジェンナについても信頼していただいてだいじょうぶです」

アヴェリーはローガンが差しだした手を握らなかった。「わたしの娘は非常に特別な女性なんだ。それを忘れないでもらいたい」

アヴェリー・フォーダイスは、ローガンがまだ知らないことを何も教えようとしなかった。

ファストフードのランチをすませたあと、ジェンナはハイウェイの車の響きに誘われてうとうとしていた。そして、少し前に、砂利のざくざくいう音が聞こえて目を覚ましたところだった。脚をのばし、体を起こした。「どのへんにいるの？」

「オザーク国有林だ」

まさか、そんなに長く眠ったとは。「何時？」

「もうすぐ四時だ。予想より一時間早く着いた」

ジェンナは頭をシートの背に戻した。「ハンバーガーを食べてからほとんど止まらなかったからね」

「きみは、眠っているときに唇が震えるのを知っていたかい？」

ローガンが眺めていたのは間違いなかった。「あなたったら、わたしがいびきをかくとか、もっと悪くすると、よだれを垂らすとか言いそうね」

「それはない。だけど、いい夢を見ているような顔はたしかにしていた」

ジェンナは夢は何も覚えていなかった。眠る前にジョン・デイヴィッドのことを考えたのは思いだしたけれど。今、あの子はどこにいるのかしら、船旅を楽しんでいるかしら――わたし抜きの船旅を。むろん、ジョンが楽しく過ごしているのがわたしの願いだ。たとえ、いささか残念に感じるとしても。

頭をいっぱいにするために考えることは、子どものほかにもいろいろあり、ローガンにきこうと思っていたこともある。「好奇心からきくんだけれど、わたしたちが出てくる前に、父は具体的に何を言ったの？」

「たいしたことはなかった、ぼくがきみを日曜日に安全に元気で怪我《けが》なく送り届けるようにということ以外はね。その間、きみを丁重に扱うように命じられたよ」

「父は、あなたがわたしを抱きたがっていると思っているのよ」

ローガンは咳払《せきばら》いした。「ぼくはきみの友だちであるためにここにいるんだ」

「この前の晩のあなたのキスの感じとか、水曜日にわたしたちが話したことから判断するしかないとすれば、あなたはセックスのことを考えていたとわたしは思うわよ」

「オーケー、それは否定しない。だけど、ぼくはセックスはことをやっかいにする可能性があると思っている」

「それはすべてあなたの考えしだいよ」

「そうだろうね。もし、男女の両方がふたりの関係にセックスだけを望むのなら」

究極の遊び人のような言い方だ。奇妙なことに、ジェンナはローガンを知って以来、父にあれこれ言われたにもかかわらず、彼をそういう目で見たことがない。「セックスが根本的なゴールにすぎないとしたら、それは、おたがいをまったく心にかけない情のないふたりの人間の場合だという感じがするわ。そうだとしたら、そういう人たちは、そもそもどうしてセックスを求めるのかしら?」

「きみは、まさにぼくの言いたいポイントを証明したよ。人は友だち関係をだいなしにすることなく、友だちとセックスすることはできない」

「あなたは、わたしたちは友だちであり続けるためにはセックスを避けるべきだと言っているのね」

「たぶん、そうだ」

おかしなことにそれほど確信のある言い方には聞こえなかった。「あなたの言うとおりかもね」違うかもしれない。

「お父さんはきみがそう言うのを聞いたらよろこぶだろうな」

「父はわたしの決心とはなんの関係もないわ。これまで何度も口出ししようとしたことはあるけれど」

「そんなにひどいのか?」

「あなたにはわからないわ」ジェンナは頭をのけぞらせ、ため息をついた。「向こう見ずという意味の、はさみを持って突っ走るという表現を聞いたことがあるでしょう。父は、わたしにはマシュマロを持って走ることさえさせないでしょうね。実際は、わたしが走ることをまったく望まなかったわ」

「お父さんはきみを守りたいだけだよ」

「わかっているわ。でも、あらゆるものからわたしを守ることなんてできないわよ。父がそれほど強くこだわる理由はわかるけれど」

「きみが言ったように、きみはお父さんにとってすべてなんだ」

「それに、父と母は何年も子どもを持つ努力をしたのよ。最終的にわたしを養女にする前にね」

「きみが養女とは気がつかなかった」

ローガンと父は、これまで私生活の話はあまりしていないようだ。「養子縁組はわたしが生後六カ月のときに決まったの。そのこと以外、わたしは自分の生みの親たちについては何も知らないわ。私的な養子縁組で、記録は公開されていないの」

「お父さんに実の両親についてきいてみたことはあるのかい？」

「あるわ、母が亡くなってからじきに」それは今も続いている大失敗となった。「父は、わたしが母の代わりを求めていると思いこんだの。父があまりに動揺したので、わたしはジョン・デイヴィッドがおなかにできるまで、まったくきかなかったわ。二度めにきいたときもまた、父はすごく心配したの。それで、わたしはその話はやめて、それ以来、触れたことはないわ」

「だけど、きみは、健康管理という面で知りたかったんだね」

またしても正確な推測だ。「最初わたしは、母がわたしと同じ病気だったためにわたしを手放したのではないかと考えたの。あとになって、ジョンが病気になる確率を知りたいとも思ったわ。あの子はいずれ検査を受けるけれど、わたしは心構えをしておきたいの」

「それで、もし、子どもに病気があったら？」

ジェンナは毎夜毎夜、そうではありませんようにと祈ってきた。「うまくいけば、あの子がわたしの年になるまでには治療法ができていると思うわ」

一瞬、ふたりは黙りこみ、その後、ジェンナがつけ加えた。「もし、母が、目が見えないからわたしを手放したのだとしても、わたしは母をまったく責めないわ。母は、それがいちばん自分本位でないやり方だと感じたに違いないと思うの」

「しかし、きみは子どもを持ったとき、そういうことは一度も考えなかった」

「まったく考えなかったわ」ジェンナは体の向きを変えてローガンと向かい合い、彼の反応が推し量れる程度に表情が見えるといいと思った。「わたしは自分の将来の問題については心配しなかったの。ジョン・デイヴィッドには助けてくれる父親がいるから。それに、もし、わたしがひとりだったとしても、わたしにはあの子を手放せたかどうかわからないわ。それはわたしの身勝手かもしれない。でも、わたし以外の女性が今、実際にあの子を育てていると知るだけでも、十分につらいことなのよ」

「そうに違いないね。しかし、子どもには今もきみがいる」

自分はまだ交代させられていないと信じることができさえしたら。もうすぐ子どもと一緒にいられるようになり、体に触れ、抱きしめ、電話を通してではなく、じかにおやすみのお話ができたらどんなにいいか。

いっとき会話はとぎれた。じきに、ローガンは車を左に急カーブさせ、ブレーキをしっかり踏んで、エンジンを切った。「さあ、着いた。すぐに戻る」

ジェンナは取り残されるのがいやだった。「どこに行くの？」

「どのキャンプ地が空いているのか見てくる。ビジター・センターはかなり混雑しているようだ」

つまり、ジェンナも行くと、人ごみの中で迷ってしまうかもしれないということだ。

「窓を下ろしてくださる、息が詰まらないように？」

「いいとも」

ジェンナが残るのはいやだと言えないうちに、ドアがばたんと閉まり、ローガンが去っていったのがわかった。ジェンナは開けた窓に顔を向けて松の香りを吸いこみ、暖かい夏の日差しを快く味わううちに、たちまち何度かくしゃみをした。

足元のバッグを探って、鼻炎の薬と目薬を取りだした。薬に頼るのはいやだったが、鼻水が出たり、目が乾いたりするのはもっと不愉快だ。

ボトルの水で錠剤をのみくだし、目薬をさすと、ジェンナは薬を片づけて、ラジオのつまみを手探りした。スピーカーから流れるのは、雑音だけだった。つまり、文明から遠く離れているのだと思い、その感じが気に入った。

　ドアが開いて、ローガンが戻ったとわかった。あるいは、ローガンでありますようにとジェンナは願った。知らないだれかではなくて。そして、声で彼だとたしかめられた。

「ここは空きがない。それで、選べる道がふたつある」

　まわれ右をして家に帰るというのがそのひとつではありませんように。「どういう方法？」

「ここでひとつだけ空いている場所を使ってもいい。ただし、そこはフォルスタッフ家の集まりに囲まれているんだよ」

「フォルスタッフ家って、わたしは知らないと思うけれど」

「列に並んで待っている間に、ビリー・ジョー・フォルスタッフという男に会ったんだよ。

気のいい男だ。ビールをすすめてくれた。それに、妹のリザと会うようにともね」

　一瞬、ジェンナは、今は自分の目の悪さを実際によく知ったローガンがその男の申し出に乗ったのかもしれないと考えた。「すごく心の広い人ね。もうひとつの道は何？」不安を押しもどしてきいた。

「谷を囲むハイキング道を歩くこともできる。全長は二十キロ以上あるが、とちゅうにひっそりしたキャンプ地がいくつもある」

　へんぴなところには耐えられる。知らない人たちに囲まれるよりもそのほうがいい。

「それがよさそうね」

「道はところどころ、かなり険しい。なんとかできると思うかい？」

「あなたの助けがあれば、どんなことでもなんとかできるわよ」

7

「ねえ、わたしたち、本当にこんなロープでつながっている必要があるの？」

ローガンにしてみれば必要だった。「崖《がけ》の上まで着いたときに、きみが足を踏みはずしたりしては困るからね」

「崖の上に行ったら教えて」

「もう来ている」

「よかった。わたし、自分が犬になって、あなたに引きまわされているみたいな気分なんですもの」

ローガンがどれほどジェンナを引きまわしたいと思っているかわかったら、彼女は向きを変えてテキサスに帰ったかもしれない。

ローガンは肩越しにジェンナを見やった。バンダナから髪がほつれ、ほおは泥で汚れ、ポニーテールから木の葉が垂れ下がっている。あまりにかわいく見えて、キスしたかった。

しかし、そんなことはするまい。キスをしたりすれば、約束を破ることになる――ジェンナと自分自身の両方に対して。

ローガンが急に立ち止まったために、ジェンナは進み続けて、彼の背中に顔からぶつかった。ローガンは向きを変えてジェンナの肩をつかみ、転ばないように支えた。「どうどう」

ジェンナは腰に手をあてた。「どうどう？　今度は、わたしは荷物運びのろばに身分を落とされたわけね」

ローガンは声をあげて笑うのを我慢できず、ジェンナにいやな顔をされた。「文句を言うのはやめてくれ。ぼくが、クーラーボックスやテントや、装備でいっぱいのザックを運んでいるんだよ」

「文句を言うつもりはないけれど、何か飲んで一休みしたいわ」

実はローガンも同じだった。「いいね。少し休んでもいい。だけど、暗くならないうちに山を下りなくてはいけない」

ローガンがジェンナのベルトからロープをはずすと、ジェンナは杖《つえ》を地面においてザックを肩から下ろした。もうひとつのバッグもはずして、荷物の横に腰を下ろし、膝を抱えて言った。「一時は一晩じゅう歩くのかと思ったわ」

ローガンも荷物を下ろして、ジェンナの前に立った。「きみが何を言ってもぼくは気にしないよ。きみは絶対的にお姫さまだからね、お姫さま」

「そんなことはないわ」

「へえ、そうか？　足のマッサージ師をいちばん大切な所有物と考える人間はお姫さまだよ」

ジェンナは水のボトルをトートバッグの横から抜き、ぐいぐい飲んだ。「よく言うわね。あなたは、二十種類のスポーツセンターに行けないと生きていられない人じゃないの」

「それがぼくを男にするのさ」

ジェンナは小枝を拾ってローガンの足元に投げた。「いい加減に黙らないと、今晩あなたのベッドにいたずらするわよ」

「ベッドはないよ、毛布と地面だけさ」しかし、ベッドは悪くないとローガンは思った――ジェンナと入るベッド、何も身につけずに。

なんてことだ。自分に負けそうだ。しかし、今はまだ負けていない。よからぬことを考えるのと行動に移すこととは違う。

近くの木々の間でがさがさいう音が聞こえて、ローガンは音のほうを向いた。ジェンナが口を開きかけると、彼は言った。「静かに。動かないで」

「近くに蛇がいるというのなら、わたしは――」

「蛇じゃない、おじろ鹿《じか》だ」

ジェンナは立ちあがって、お尻を手で払った。

「どこ？」

「きみの左手の開けたところだ。四、五十メートル先だ。こっちに向かっている」

ジェンナは膝をついて慎重にザックを開け、デジタルカメラを取りだした。「写真を撮りたいわ」

ローガンは写真を撮るのは得意でない。「ぼくがやってみる。だけど、できばえは保証しないよ」

「わたしが助けるわ」ジェンナはささやき声で言った。「ここに来て、わたしの後ろに立って。あなたが焦点を合わせて、わたしがシャッターを切るの」

ローガンに断る理由はなかった。実のところ、ジェンナの後ろに立つのは楽しいにきまっている。そう考えて、ジェンナの後ろに位置取り、彼女の体を鹿のいる方向に向けた。

「ぼくはこれから何をするんだ？」

「まず、鹿の説明をして」

「前に一度も見たことがないのかい？」

「あるわよ、もちろん。ただ、今いる鹿がどんなのか知りたいの」

ローガンは、草むらを鼻先で探りながら少しずつ近づいてくる鹿をじっと見た。ふたりがいることにはまったく気づいていない。「茶色で尻尾《しっぽ》が白い」遠くで薄茶色のものがもうひとつちらちらするのが見えた。「牝鹿《めじか》だ。子どもを連れている」

「動物の子はすばらしい被写体になるわ。急いで撮りましょう、逃げてしまわないうちに」

ローガンはジェンナにぴったり寄り添って、両手で彼女の腕をなでおろし、カメラを持ちあげて自分の目にあてた。「焦点が合った」すると、たちまち、友だち関係という目標を忘れそうな危険に陥った。しかし、ジェンナに触らなくては、撮影の手助けはうまくできない。

「じゃあ、レンズの向こうをずっと見続けていて。カメラをしっかり持って動かさないでね。あとはわたしがするわ」

ジェンナがこんなにすぐそばにいては、カメラを安定させていられるかどうか、ローガンは自分を信頼できなかった。

「準備はいい？」

準備はいい。本当に。しかし、必ずしも写真を撮るための準備ではなかった。「写してくれ」

ジェンナは速射砲のような勢いで連続してシャッターを切り、直後に鹿は飛びあがって反対方向に駆けだした。

「いなくなった」ローガンは片手でカメラをジェンナに返しながら、もう一方の手は彼女のウエストにゆるやかにあてたままにしていた。すぐに離れるべきなのに、ローガンの足は動くのをいやがり、手も、頭とは別にそれ自体の意志を持った。

「遠慮なく放してちょうだい」

ジェンナに気持ちを読まれたようだった。彼女を放すのは何よりもしたくないことだったが、しぶしぶ放した。

ローガンがクーラーボックスの前にかがんでスポーツドリンクを取りだす間に、ジェンナは道の反対側のほうへぶらぶらと歩いた。

「気をつけてくれ」ジェンナが崖の縁のほうに二、三歩進んだとき、ローガンは声をかけた。「四、五メートル先で落ちるよ」

「景色はどんなふう?」

「下に谷が広がっていて、流れがある。遠くの山並みは木々に覆われている」

「わたし、もう少し写真を撮るわね。そうしたら、出発しましょう」

「助けが要るかい?」あまりに熱心すぎる言い方に聞こえた。

「今度はいいわ。直感を頼りにするから」

ローガンは飲み物を手にして体を起こし、ジェンナから目を離さなかった。ここまではうまくいっている。ジェンナが一箇所にとどまって、ノンストップでシャッターを押すのを見ながらそう思った。

しかし、ジェンナが前に進みだしたとき、ローガンの全本能が鋭く危険を告げた。ローガンはボトルを脇《わき》に投げだし、ジェンナのおなかに腕をかけて、それ以上前に行くのを妨げた。

ジェンナを道に連れ戻したとき、ローガンの胸は激しくとどろき、締めつけられていた。

「なんてことだ、ジェンナ。気をつけるように言っただろう」手を放さずにジェンナを座らせながら言った。

ジェンナは不機嫌な目を向けて言い返した。「四、五メートル先ってあなたは言ったじゃないの。わたしは、ほんの五、六十センチ動いただけよ」

石頭な女だ。「進み続けたら, 縁を踏みはずすところだった」

「わたしがそれほどばかだと本当に思っているの？」

「きみは冒す必要のない危険を冒しているとぼくは思う」

ジェンナはローガンの手を振りほどいた。「ありがとう、信頼してくれて。今、あなたは自分を誇らしく思っているのかしら？」

「いったいきみがなんの話をしているのか、さっぱりわからないね」

ジェンナはカメラのストラップを首にかけた。

「あなたは今日のよき行いを果たしたのよ。荷物運びのろばほどの分別もないとあなたが思っている、悩める乙女を救ったことでね。あなたとわたしの関係の意味はそれだけじゃないの？　目の見えない無力な女性を救いたいというあなたの欲求じゃないかしら？」

「きみは完全装備の民兵並みに無力だよ」
「しかも、あなたはわたしの保護者役をしたいと思っているのよ。わたしには保護者は要
らないわ」
　その瞬間、ローガンがジェンナにしたいと思うことはただひとつだった。それが正しか
ろうと、間違っていようと。「きみとぼくに関するかぎり、意味があるのはこれさ」
　アドレナリンと怒りにかりたてられて、ローガンはジェンナに深く激しいキスをした。
ひそかな不安もいくらかこもっていたかもしれない。
　ローガンは、ジェンナが体を引き離して自分の顔を叩《たた》くだろうと予想した。ところが、
予期に反してジェンナはすすんでキスに加わった上に、いろいろな意味で主導権を取った。
ジェンナに背中を両手で上下になでられて、ローガンはさらに彼女をぴったりと引き寄せ
た。ジェンナも全身をローガンに押しつけた。ローガンの手が少しずつジェンナのブラウ
スの背中の下に入った。
　ローガンは頭の半分で、ジェンナをほこりっぽい地面に横たえようかと考えた、たんに
彼女の体を自分の下に感じるために。頭のもう半分が、そんなことはジェンナにとってま
ったく不愉快だろうと言い聞かせた。
　近くに毛布があり、広い草地もある。ジェンナがもっと長く休みたいのなら、よろこん
でそうさせよう。もし、自分がどれほどジェンナを求めているかを彼女が知りたいなら、

さらによろこんで身をもって示そう。もしも、自分にある程度の名誉を保ちたい気持ちがあるなら、こんなことを考えるのも唇を動かすのも、すぐにもやめるはずだ。

決心するのは大変だった、まして、ジェンナがまるでローガンにやめてもらいたくないようにふるまっていたから、ますますむずかしかった。

ところが、何かが足をかすめて、ローガンはキスをやめざるをえなくなった。足元を見ると、黒いかたまりがゆったりと離れていくのが見えた。

「別の鹿なの?」

「ラブラドール・レトリバーだったと思う」

口笛が聞こえ、女性の声が続いた。「ペリー、戻ってきなさい」

ふたりきりでいるのもこれで終わりだ。ジェンナを濃厚な営みに巻きこもうという計画もこれまでだ。そして、むしろそれでよかった。もし、自分が欲望を抑えなかったら、キャンプ地に着くのは日没のかなりあとになってしまい、彼は決定的な判断ミスを犯したかもしれない。ジェンナの友だちでいたいなら、そんなことをしてはいけない、たとえ、友だちでいると同時にベッドに連れていきたい気持ちもあるとしても。

ローガンはジェンナを軽く脇に押しやり、杖を拾いあげて渡した。「出発のお時間です、お姫さま」

「そのお姫さまっていうのをやめないと、何か仕返しを考えるわよ」

ローガンは体をかがめ、ジェンナの耳元で言った。「きみはもう仕返しをしているよ。今現在、ぼくはひどく苦しんでいる。きみのおかげで」

一瞬、ジェンナはあんぐりと口を開けた。サングラスにさえぎられてローガンにはジェンナの目は見えなかったが、彼女が危険な言い合いをしようとしていると察しがついた。

「わたしのおかげですって？　あなたが先にわたしにキスしたのよ、〝お友だち〟さん」

ローガンがそのことを忘れようとしていると言わんばかりの言い方だ。「きみは止めなかったじゃないか、そうだろう？」

ジェンナは首を振った。「こんなこと、ばかげているわ。わたしは、どこかの男の人が口がうまいからといって自制心をなくすタイプじゃないの」

「ジェンナ、ぼくは、どこかの男じゃない」それに、ジェンナも、どこにでもいるただの女性ではない。

「なんでもいいわ」ジェンナは話を切りあげるように手を振ると、荷物を取りあげた。しかし、ローガンは、ジェンナも自分に劣らずふたりの間の引力を無視できずにいることに絶対の自信があった。

あとどれくらい自分がジェンナから距離を保っていられるかは、時間の問題だと強く感じた。

寝袋で頭を支え、毛布の上に並んであおむけに横になると、ローガンは、ジェンナの横顔が少し前におこした火で金色に輝いているのに目を留めた。夕食以来、ジェンナについてたくさんのことに気づいた。彼女はいくつかの話題を避ける技を持っているというのもそのひとつだ——その日のとちゅうで起きたこととか、ある時点で、ふたりは一緒にテントに入らざるをえないということとか。

ジェンナは満ち足りたため息をついて、静けさを乱した。「夏はわたしが好きな季節なの。一年じゅう暑い気候でもわたしはかまわないわ」

ローガンはだれかにバケツ一杯の氷水をかけられてもいいと思った。そうでもしないと、長くつらい夜を過ごすことになりそうだ。「ぼくたちがテキサスに住んでいるからには、それはいいことだね」

「本当にそうだわ」ジェンナは両腕を頭の上にのばしたあと、体の脇に下ろした。「小さいころ、わたしはよく夜遅く外に出て、地面に横になって星を眺めたの。ときどき、そのまま朝まで眠ってしまって、両親に見つからないうちにそっと家に忍びこまなくてはならなかったわ」

「子どものころでもきみは大胆だったんだな」

「ええ、そうね。幸いなことに、わたしは暗がりを怖いと思ったことは一度もないの。そうでないと、今、とても困っているところだったわ」

ときおり、ジェンナは、目が見えないのを思いださせることばをふと口にした。ローガンには、それがジェンナ自身のためなのか、それとも、彼のためなのかわからなかった。

「夏の間、ぼくはよく夜遅くまで起きていて、隣近所から文句を言われるまで兄弟たちとバスケットボールをしたよ」

「ご両親はいけないと言わなかったの？」感心した口ぶりだった。

「言わなかった。たぶん、ぼくたちが外にいるのがうれしかったからじゃないかな」

「きょうだいがいるってすばらしいに違いないわね。わたしには家での話し相手は自分自身しかいなかったの。しばらくすると、そんなのは退屈になるわ」

ローガンには五人のきょうだいがいて、話に割りこむにはがんばらなくてはならなかった。「いいことも悪いこともあるよ、特にけんかになったときにはね」

「本当に傷つけ合ったりはしなかったでしょう？」

「二、三度、目のまわりにあざができたことがある。それよりも、ぼくたちは、父に引き分けられたあとの罰のほうが怖かった」

「子どものころ、ほかに怖かったものがあった？」

意外な質問だった。「思いつくものはないね」

ジェンナはローガンの腕に触れた。「ねえ、ローガン、だれにでも怖いことはあるわ。ほかの人に話してあなたのタフガイとしての評判をめちゃめちゃにしたりしないって約束するわ」

これまでローガンは胸の奥を打ち明けるようなはめになったことはなかった。しかし、奇妙なことになぜかジェンナに対しては気持ちを抑える必要を感じなかった。「長い間、ぼくは高いところが怖かった。強引に克服するまでずっと。五歳ぐらいのころ、エイダンに二段ベッドの上から押しだされて、顔から床にぶつかったときから始まったんだ。傷を縫わなくてはならなかった」

「どこ?」

「あごだ」

ジェンナは手をのばしてローガンの顔を指先でなで、下唇の下側をたどった。「ここに傷痕《きずあと》があるのを感じるわ。大きくないけれど、たしかにあるわね。今まで気がつかなかったのが意外だわ」

ローガンは、軽く触られただけで起きる自分の反応に驚いた。「歯をなくさなかったのは運がよかった」ジェンナの手がおなかまで来たとき、平静さをなくさなかったら、それも幸運だ。「きみはどうなんだ?　子どものころ、何が怖かった?」

「正直に言って、あまりなかったわ。大人になってからは、がらりと変わったけれど」

ジェンナが怖がるかもしれないものはいくつか考えられたが、ローガンは全部を知りたかった。「今は何が怖い?」

「蛇よ」

「まじめに話してくれ」

「まじめよ。それから、込んでいるエレベーターが好きじゃないわ」

「それだけか？」

ジェンナはあおむけになってローガンと離れた。「息子がわたしを忘れてしまうんじゃないかと不安だわ」

ジェンナの声のみじめで悲しげな響きにローガンは深く胸をつかれた。人を慰めることはあまり得意でなく、とりわけ相手が女性だと苦手だった。ジェンナのためなら努力しようと思った。

ジェンナの手を取り、自分の胸においてて言った。「きみの息子がきみを忘れることなんてないと思うよ」自分はけっしてジェンナを忘れないだろう。たとえ、この週末がふたりで過ごすただ一度の機会であっても。

ジェンナは体を起こして座った。「この話はもうたくさん。わたしたちはここに楽しく過ごすために来たのよ。過去の話をしたり、将来の心配をしたりするためじゃなくて」

たっぷり虚勢を張った言い方だった。心の傷を隠すためにそうしたのだとローガンは察した。

ジェンナがあくびを手で隠そうとしたのを見て、ローガンは言った。「楽しく過ごすのは、またあしたの朝にするべきだね。テントを張るよ、きみがそろそろ眠りたい気分なら」ふたりで使うのにやっとの大きさのテントだ。自分の意志の力が試される。

ジェンナは毛布を押しのけて立ちあがった。「眠るには暑すぎるわ」

ローガンは暑くないとは言えなかった。ジェンナがブラウスのボタンをはずしはじめたからには、ますますそうだ。「きみがしばらく見られたくなければ、ぼくは少し歩いてきてもいいよ」

ジェンナはブラウスをするりと脱いだ。「わたし、小川に行って一泳ぎして、体の汚れを落としたいわ」

ローガンはその場でジェンナに飛びつきたかった。「水着を持ってきたのかい?」

「要らないわ」

なんてことだ。「国立公園で真夜中に泳ぎに行くというのかい、素っ裸で?」

「ちょっと裸になるくらい、友だちの間でなんだというの?

行儀よくしようと本当に努力している男にとっては大変なことだ。このへんにいるのは、ぼくたちだけじゃないんだよ」

「わたしはだれひとり見かけなかったわ。でも、それであなたの気が楽になるなら、下着は着たままにするわ」ジェンナがブラウスをローガンの膝に落としたので、幸い彼女には見えない体の高まりのきざしが隠された。「あなたも一緒に行くのよ」

ローガンはうなじをなで、ジェンナから目をそむけようとしたができなかった。「危険すぎるよ」

ジェンナはひどく不満そうな顔をした。「あの川は全然深くないって、昼間、言ってたじゃない」

「きみとぼくが一緒に泳ぐ、きみは下着姿で。それが危険なんだ」

「あなたはこれまでにブラとショーツしか身につけていない女性を見たことがあるにきまっているわ」

ジェンナをそういう姿で見たことはない——今までは。

ジェンナはショートパンツを脱ぎ、ごく小さな白いブラとごく小さな白いショーツだけになって、ローガンの熱くなったホルモンに十分な罠《わな》をしかけた。

「ジェンナ、きみはぼくを試そうとしているのか?」そうだとすれば、彼はその試験に落ちかけている。

ジェンナは頭からバンダナをはずし、首を振って髪を散らした。「わたしは涼もうとしているのよ」

そして、ジェンナが涼む間に、自分は燃えさかるたき火のように熱くされるというわけだ。「ぼくも水着は持ってきていない」

「それなら、遠慮なく下着のほかは脱いでね。すっかり裸になったら、もっといいわ。わたしには絶対にわからないでしょうから」

いいや、わかるだろう。もし、自分がジェンナに近づいたら。「それは名案ではなさそうだ」

「すばらしい考えよ」ジェンナは片手のこぶしを腰にあて、ローガンの上に立ちはだかった。「さあ、起きて、オブライエン」

もう起きている。「きみはたしかにこんなことをしたいのか？」

「たしかよ」

いいじゃないか。ジェンナが言ったとおり、彼女にはローガンが見えないが、だからといって彼がジェンナを見られる事実は変わらない。たっぷり見られる――胸の輪郭から脚の間のぎりぎりにある小さな布切れまで。さらに、その間の目を引く部分を何もかも。少なくとも、水の中に入るまでは見える。

Tシャツを頭から引き抜き、ジーンズを脱ぎながら、ローガンはジェンナに触れないときっぱりと自分に誓った。両手を背中で縛らなくてはならないかもしれない。


ジェンナは流れに踏みこみ、たちまち、うきうきする解放感がこみあげるのを味わった。足首を水に包まれながら、爪先を丸めて水底の砂にもぐりこませた。一緒にいる男を思わせる冷たい水だ。ローガンはしっかりと手を握ってくれてはいたが、一言も口をきかない。

明らかにわたしを遠ざけているのだとジェンナは感じた。

ローガンを責めることはできない。要するに、ローガンは懸命に自制しようとしているらしいけれど、それはわたしひとりのせいなのだから。昼間、わたしはローガンのキスをよろこんで迎えた。さらに、服を脱いで泳ごうと誘った。しかも、わたしは自分が何をしているのか、ちゃんと心得ていた。

友だちでいるとか、何も期待しないとか、さんざん言ったことは、時がたつにつれてどんどん消えていった。キスを繰り返すたびに消えた。どうしてよく知りもしない男とこんな危険を冒すのか、理解できない人もいるかもしれない。率直に言って、そんなことは気にならない。父が考えそうなことも、人が考えることも気にしない。自分の思いのままにできるすごく男らしい男がそばにいる。そんななりゆきを最高に利用しよう。

「あと少し先までしか行かないよ」ローガンの声がジェンナの物思いを破った。

ジェンナにしてみれば、それはこれからわかることだった。ローガンが言っているのは、泳ぐことだとちゃんと知っていたけれど。

流れがおなかのまわりまで来ると、ジェンナはローガンの手を振り切って水にもぐった。水の繭に包まれて、そこでは、ほこりや最後までつきまとう心配事を洗い流せた。夜の物音はおだやかな静けさと完全な闇《やみ》に取って代わられたが、怖いとはまったく感じなかった。すばらしい男がそばに控えていてくれれば何も怖くない。

少したって息継ぎのために水面に出ると、ジェンナは両手で髪を後ろになでつけながら言った。「すばらしい気分だわ」なんの反応もなく、あまり向こう見ずなことをしたので、とうとうローガンを遠ざけてしまったのかしらと考えた。「ローガン？」

「ここにいる、まだ」

もちろん、ローガンはそこにいてくれる。ひとりでどうにかしろとわたしを見放すようなタイプの男ではない。わたしが崖の縁に近づいたとき、ローガンは身をもってそのことを示した。

今、ジェンナは、自分が崖とは別の縁でぐらつき、安全に着地する場所を探しているかのように感じていた。直感は、ローガンがその安全な場所なのだと告げていた。少なくとも一時的にはそうだ、自分が感情を抑えていられるかぎりは。

「あなたはどこにいるの？」

「きみの左手だ」ローガンはジェンナの手を水の中でつかみ、引き寄せた。

好奇心に誘われて、ジェンナはローガンの肩を支えにして彼の後ろにまわった。背筋を指先で下へとたどり、ウエストの下で盛りあがるところまで探った。ローガンの肌は湿って引き締まっていた。賢明であれば、こんな手探りはやめるところだが、そのときジェンナの頭はあまり働かなかった。どこかそわそわして、しかも、温かい気分だった。ローガンが何を着ているのか——それとも、着ていないのか、どうしても知りたかった。

その答えは、ローガンのヒップの両脇に、広げた手をあてたときにわかった。素肌のヒップに。くっきりしたお尻のカーブを探られる間、ローガンは、かすかに身震いしたほかは、じっと動かずにいた。

「すてきなお尻だわ、オブライエン」

ローガンはジェンナの両手首をつかみ、彼女の向きを変えるとともに自分の前に引き寄せた。「ぼくは警告しているんだ、ジェンナ」厳しい口調だったが、ジェンナのしようとしていることをやめさせるほど脅しつける響きはなかった。

「あんなに警告したじゃないかとわたしに思わせて」それに、たっぷり興奮させられていると。

「きみは自分がしていることがわかっているのか？」

「わたしは、ほかの女の人たちがあなたに目で見るものを自分で知ろうとしているのよ」

「きみはトラブルを起こそうとしているんだよ」

「どの程度のトラブル？」

ローガンはジェンナを引きつけ、腰を押しつけた。「これで答えになるか？」

そう、答えになった。ローガンは自分が明らかに男であることを証明してみせた。さらに、女性ならだれでも引かれるに違いない堂々とした象徴を備えていることも。何より重大だったのは、ローガンがジェンナを求めていることを実証した点だった、少なくとも肉体的な意味では。そして、ジェンナもローガンを求めていた。

当たって砕けようと、ジェンナは心を決めた。突進しよう。背中に手をまわしてブラの留め具をはずし、岸のほうに投げた。ショーツを脱ぐにはローガンの助けに頼らなくてはならず、あとで彼にさせようと考えた。

ジェンナは両手でローガンの胸をなであげ、うなじの髪をもてあそんだ。「これでわたしたちはほぼ対等になったわ」

そして、攻める側にまわり、彼女のほうから先にローガンにキスをした。

ローガンがけもののようなうめき声をもらしたとき、ジェンナは自分が彼の中の何かを解き放ったとわかった。そして、その結果、口の中をくまなく官能的に攻めたてられた。遠くでとどろく滝の音や、ばったの羽音、鳥の鳴き声がぼんやりと耳に届いた。もっと強く意識したのは自分のお尻に触れるローガンの手だった。次には、胸にも。

ジェンナが生気にあふれ、体の欲求が満たされていたころ以来、あまりにも長い孤独な月日が流れていた。ローガンなら与えられるはずの親密なかかわりがほしくてたまらず、彼に手を放されると、じりじりした不満と闘った。

「おたがいにこんなことはやめなくてはいけない」ローガンがつぶやくように言った。

「ぼくが止まれなくなる前に」

「わたしは、わたしの辞書から〝止まる〟ということばを消すことに決めたの」

軽い感じを装おうとしたジェンナの努力は、ローガンのことばで完全に失敗に終わった。

「まじめに言っているんだ」

「わたしもよ」

「ぼくたちの友だち条約はどうなった？」

「わたしたちは本当に親しい友だちになれると思うわ」それでもまだ、ジェンナにははっきり言わなくてはならない重大な心配事がひとつ残っていた。

「怖いことの話をしたとき、ひとつ言いそびれてしまったの。予定外に妊娠することよ」

「こんなことはよくないという理由はそれだけさ。ぼくはコンドームを持ってきていないんだ」

ジェンナの頭の中で警報ベルが大きく響き渡った。「あなたは女性と一緒にいるとき、準備をしておかないのが習慣なの？」

「いつでもしている。今度だけは別だ」

自信にひびが入って、ジェンナは一歩引き下がった。「それなら、わたしはきっと思い違いをしていたのね。わたしがあなたを求めているのと同じくらい、あなたもわたしを求めていると思っていたの」

ローガンはジェンナを背中から腕に抱き入れた。「出会った夜以来、ぼくがきみを求めているのは、きみだってよくよくわかっているじゃないか。お父さんがぼくの荷物を調べるのではないかと心配だったから、ぼくはコンドームを入れなかったんだ。約束を破る誘惑にかられるのもいやだった」

ローガンは見事なタイミングをつかんで気高いところをみせた。「こんなことは確実に問題を引き起こす」

「ええ、そうね」ローガンの声に無念さが強くこもっていることが、ジェンナの決意をやわらげた。申し分なくすばらしい晩を不愉快な雰囲気で終わらせる理由はない。「ローガン、あなたにはわからないかもしれないけれど、わたしは毎朝ひとりで目を覚まし、ベッドに入るのもひとりなの。ときどき、人との触れ合いがあまりにもほしくなって、体がうずくわ。今夜、わたしはあなたにそれだけでも与えてと頼んでいるのよ。ただ、抱き合うというだけのことでも」

「そこでやめるのはむずかしくなるよ、ジェンナ」

ジェンナはローガンのほおにかすめるようなキスをした。

「そうなるだろうとわかるわ。でも、あなたがそれをどうにかできるほど強い人だということも、わたしにはわかっているの」

「やってみるよ」

「わたしが頼んでいるのはそれだけよ」少なくとも今のところは。

8

「体じゅうのどこを取っても、三センチ四方の皮膚に神経の末端が千以上もあるっていうことを、あなたは知っていた?」

その瞬間のローガンは、全神経のひとつひとつを意識していた。「いや、知らなかった」

自分が、消えかけた火をもう一度燃えたたせ、そばの毛布に戻っていることはたしかにわかっている。薄いボクサー・パンツしか身につけず、かたわらには、とてつもなくすばらしい、半ば裸の女性が体を丸めて寄り添っていることも。しかも、ふたりはこの三十分間、話をする以外何もしていない。兄たちのだれひとりとして、こんなことは信じないだろう。自分自身でさえ信じられない。

ジェンナはローガンの手を持ちあげて、指を折り曲げてみた。「ひとつの指先だけで一万三千を超える神経の末端があるのは知っていた?」

今夜はジェンナをテントに入れ、自分は外で寝なくてはならないのはなぜかという理由なら、少なくともそれに劣らず山ほど考えられる。それでも、横向きになってジェンナと顔を合わせ、むきだしの胸のすぐそばまで体を寄せたとき、彼女から離れることは完全に頭から消えていた。「そんなことをすべて忘れずにいるなんて、きみは大学で解剖学の授業が好きだったに違いないね」ローガンは解剖学の勉強などしたくない。彼自身の体を分析することで、すでにたっぷりと問題を与えられている。

「大学でこんなことを知ったんじゃないわ」ジェンナは肩から髪を後ろに振り払った。ローガンがすぐに気づいた、女らしい誘惑のしぐさだ。「いずれ目が見えなくなるのが避けられないとわかったとき、わたしは視神経について調べはじめたの。それがニューロンや受容体について知ることにつながったのよ。特に感触にかかわる面で。さあ、目を閉じて、あおむけになってみて――わたしの研究の結果が十分にわかるように」

「ぼくはきみを見ているほうがいい」それに、判断を誤ることなくジェンナの研究に耐えるのはむりではないかということが不安でもあった。

「あなたは楽しめると約束するわ」

それがまさしくローガンの恐れていることだった。「きみにとってそんなに大事なことなのか?」

「ええ、そうよ。わたしが視力という恩恵なしで経験していることを、あなたに経験してほしいの。それから、あなたが目を閉じているかどうかわたしにわからないからといって、いんちきをしないでね」

「わかった。慎重にしてくれ。そうでないと、きみは今以上にトラブルを引き起こすことになるよ」ローガンは、ほんの少し前に、ふたりで泳いだことや、上半身は裸のままでいようとジェンナが言い張ったことのショックから立ち直ったばかりだった。

ローガンが目を閉じてあおむけになると、ジェンナはささやき声で言った。「わたしはいくつもの場所がすごく感覚が鋭いことを学んだの。たとえば顔よ」ローガンの額、ほお、あごにキスをして続けた。「首の後ろと二の腕もそうよ」うなじをもみ、そのあと、肩から二の腕の筋肉にかけて軽く爪を走らせた。「それから、胸も」ジェンナはローガンの胸板に唇を押しあてた。一度ではなく、もう一度。「もちろん、脚の間の部分はとても敏感よ」

ありがたいことに、ジェンナはそこまではいかなかった。さもないと、ローガンはキャンプ場じゅうに響き渡るような声をあげるところだっただろう。「興味深いね」

「もっとあるわ」

それ以上耐えられるかどうかローガンには自信がなかった。「ヒントをくれないか、ぼくが気持ちの準備ができるように」

「自分で知るのを待たなくてはだめよ」

ローガンは、まぶたを閉じていてさえ、ジェンナが体を動かして自分の上に部分的に乗ったことをあまりにも強く意識した。そして、彼女の胸が自分の胸板と擦れ合っていることも。ジェンナに触りたかったが、両手を体の脇《わき》でしっかり握り、次に何が来るのかを待った。

「クラウゼ小体として知られている受容体は圧力に反応するの。唇と舌にあるのよ」

ジェンナは、まさにローガンが予期し、望んでもいたとおりのことをした——キスをしたのだ。その上、ローガンがジェンナをあおむけにして彼女の中に入りたい誘惑にかられるには、どのくらいの圧力を彼の舌にかける必要があるかを正確に示した。幸いなことに、ジェンナは、ローガンが自制心の最後のかけらをなくす寸前に体を離した。

「こういう受容体はもう少し下のほうにもあるの」ジェンナがローガンのおなかを下へとなでて、へその下の毛の筋をたどると、ローガンは目を開けてジェンナの手首をつかんだ。そして、彼女の手がボクサー・パンツの中に達して、岩のようにこわばった引き返し不能の地点を見つける直前に、その手を自分の胸に戻した。

「ジェンナ、そんなことをしてはいけない。ここまでは、ぼくはきみのささやかなセミナーを乗りきれた。だが、これ以上続けたら、ぼくは耐えられなくなる」

薄暗い中でローガンにはジェンナの表情ははっきりしなかったが、白い歯がきらめくのはたしかに見えて、笑っているとわかった。「それが考えていたことですもの」

なめらかな一連の動作で、ローガンはジェンナの体を返してあおむけにし、両腕を頭上にあげさせた。「ただ、ぼくはとても力が強いんだ」

「でも、わたしがあなたを見られるただひとつの方法は、感触を通して見ることなのよ」ジェンナはローガンの髪を手ですき、ため息をついた。「わたしが男の人と親しくなったのは本当に久しぶりなの。わたしが望んでいるのは、ほんの……」顔を両手で覆って言い替えた。「たぶん、わたしは自分が何を望んでいるのかわからないんだわ」

しかし、ローガンは彼女が求めているものに気づいていたし、よろこんで彼女にそれを与えるつもりだった。「きみを見るとき、ぼくの目に映るものがなんだかわかるかい？」

ジェンナは、どうでもいい感じの笑みを浮かべようとした。「やけになっている女？」

ローガンはジェンナののど元に指を走らせた。

「きれいな女性さ」

「それについてはわたしにはわからないわ」

ローガンはジェンナの唇に指先を押しあてた。「ジェンナ、何も言わないで、ただ聞いてくれ」

ローガンは両方の手のひらでジェンナの胸の脇を下にたどり、上に戻り、繰り返すたびにしだいに胸のふくらみに近づいた。「きみはすばらしい体をしている。今すぐにも、ぼくはきみがけっして忘れないようなことをきみにしたい」

〝あなたは、セクシーで刺激的なことばを使って女性を丸めこみ、ベッドに入れる名人ね……〟

ヘレナが頭に割りこんでくるのを無視して、ローガンはジェンナの胸の先のまわりを指でなぞった。「ぼくの手や口をきみの体の上で使いたい」

ジェンナの下唇が震えた。「わたしのどこで？」

「いたるところで」

〝……あなたはそのことばを裏づける才能や技も備えている〟

ローガンはジェンナのへその下のレースの細い布地をもてあそんだ。「ぼくは、きみがその先をもっとと懇願するのを聞きたいんだ、ジェンナ。そして、それに応《こた》えたい」

〝あなたが彼女の体だけでなく気持ちにも関心があるとわからせることね。そうすればどんなに違うか、あなたはきっとびっくりするわよ……〟

いまいましい。都合の悪いときにヘレナが頭にもぐりこんできて、その上、もっともなことを言い聞かせるとは。

ローガンはジェンナの体の両脇に手をつき、うなだれた。「こういうことのすべてをぼくは本当にきみにしたい。でも、できない」

ジェンナは完全にがっかりした顔をした。「どうして？」

ローガンは体を起こして、ジェンナの横に腰を下ろし、膝に腕をかけた。「ある人がぼくに言ったことと関係があるんだ」

「なんですって？」

「ぼくが知っていたある人だ」

「うれしいわ、あなたが生身の人間のことを言っていて。一瞬、あなたが何かのお告げでも聞いているのかと思ったわ」

ローガンが聞いていたのはたったひとりの声、ヘレナの声であり、それを締めだしたかった。「彼女はふいに訪ねてきてぼくを驚かせた」

「彼女？」

「ぼくの前の恋人だ」

「あなたの前のフィアンセのヘレナのことでしょう？」

ローガンはジェンナにじっと目を注いだ。ありがたいことに、ジェンナは胸に毛布を引きあげていた。「きみはどうして彼女のことを知ったんだ？」

ジェンナは毛布の端を折り曲げたり戻したりした。「この前の日曜にマロリーが彼女のことを口に出したの。あなたが結婚式を取りやめにした事情を話してくれたわ」

個人的な話をマロリーに言いふらされていたとは。「ぼくはそれ以来ヘレナに会ったことはなかった、三日前に彼女がぼくのオフィスに現れるまで」

「なるほど。あなたは彼女とよりを戻すつもりなのね。そして、わたしはあなたが最後に浮かれる相手だったのに、良心が割りこんできたというわけね」

ジェンナがどうしてそんなふうに考えるのか、ローガンには理解できた。たとえ、それが間違った憶測だとしても。「ヘレナは、結婚することをぼくに知らせるために立ち寄ったんだ」

「まあ、それはよかったわね」ジェンナの顔にも声にもほっとした感じがあった。

ローガンはふたたびジェンナの隣に横になり、頭の下に手を入れて空をじっと見た。

「彼女はぼくについて、ぼくにしてみれば、あまりおもしろくないことも言った。しかし、彼女の言うとおりなんだ」

ジェンナの反応をうかがおうとしてローガンは頭をまわした。ジェンナは横向きになってほお杖《づえ》をついていた。「どんなこと?」

本当のことを話すのはむずかしかったが、ジェンナには聞く権利がある。「彼女に言われたんだ。あなたは誘惑のテクニックを知りつくしている。でも、女性のいい友だちになるすべは知らないとね」

「で、あなたは彼女のことばを信じるの?」

「信じたくない。しかし、本当だ。これまでぼくには恋人はかなりいた。だが、人に言うほどの女の友だちはひとりもいない」

「わたしはそうは思わないわ」ジェンナはローガンの脇に寄り添い、胸に腕をかけた。「わたしたちが出会った夜以来、わたしはあなたをお友だちだと考えているわ。すすんでわたしのマスカラを落としてくれた人よ。服を脱がせようとはしないで。わたしが無事に帰るのをたしかめるだけのために家まで送ってくれた人。それに、いちばん大事なのは、この何年かで初めて、わたしが完全に解放されたと感じるこのすばらしい場所に連れてきてくれた人だという点よ」

ローガンは歯をのぞかせて笑った。「いまだにきみと寝たいと思っている人間だよ」

ジェンナも笑い返した。「それはとてもうれしいわ。受容体についてのわたしの研究発表は、たぶん、あなたをすごくしらけさせてしまったと思っていたんですもの」

「あれはとてつもなくセクシーだった」ローガンはジェンナの手を持ちあげてキスをし、ふたたび体を起こした。「だけど、今はテントに入って、一緒に眠ろう。文字どおり」

「じゃあ、わたしたちの関係を完全にプラトニックなものにし続けようとあなたは言っているのね？」

「ゆっくり進んでいこうと言っているんだ、さしあたりは」

「わたしたちがここにいるかぎりはということ？」

「ぼくたちがおたがいをもっとよく知るまではだ」ローガンはジェンナを毛布に包み、立ちあがって腕の中に彼女を引き入れた。「まず、きみは服を着るんだ。そうでないと、ぼくは親しくなりすぎる誘惑にかられるかもしれない」

「ちょっぴりいちゃつくぐらいは、なんとかできないかしら？」

またしても自分の意志の力が試される。しかし、ジェンナが求めていることだ。それを理由にして、ローガンは応じようと思った。「いいよ。それから、寝る前に、きみに関して学んだことをいくつか打ち明けたい。いいことだよ」

ジェンナはにっこりした。「わたしが手で触れれば男性のすばらしいお尻がわかるとか？」

ユーモアにしようとするジェンナの試みはありがたかった。しかし、ローガンが言おうとしているのは真剣な問題だった。とりわけ、セックス以外の分野で自分を表現するのが必ずしも得意でない男にとってはそうだった。「きみは、自分がどういう人間なのか、人生に何を望んでいるのかがわかっているし、それを手に入れようという決意がある。きみは男を悩殺する体を持っている。しかし、ジェンナ・フォーダイス、きみの強さこそ、きみのいちばん魅力的な点だよ」

ジェンナはローガンの肩にほおを寄せた。「わたしだって、自分がどういう人間なのかいつもわかっているわけじゃないわ。それに、いつもそれほど強くもない。でも、自分が感謝していることははっきりわかっているのよ。本当に久しぶりにひとりで目を覚まさなくていいことを」

翌朝、ジェンナは、いれたてのコーヒーの香りとほおに触れる軽いキスで目覚めた。キスの主はゆうべ何よりも名誉を重んじた男性だった。ゆっくり進もうというローガンの決意を認めながらも、この週末のうちに彼ともっと親密な関係になるというジェンナの決心も、やはり変わらなかった。その日のうちにそうなりたい。選べるものなら。

「よく眠れたかい？」強く心を誘われる、低くかすれた声だった。

ジェンナは脚をのばし、そばにいる人影に目の焦点を合わせようとしたが、うまくいかなかった。朝の光の中でローガンを見たくてたまらず、どんなふうかと想像した。ひどく乱れた髪。ひげを剃《そ》っていない顔。素肌の胸。それが好きな組み合わせだ。

ジェンナはローガンの腕に手をのばして、実際には彼がすでにTシャツを着ているのを知った。濃い髪に指を通し、ちくちくするあごに触った。想像をたしかめるただひとつの方法なのだ。

「すごくよく眠ったわ」しかも、ローガンの腕の中で。「あなたはどうだったの？」

「予定より早く起きた。ペリーのお陰で。あの犬が吠《ほ》えているのがきみには聞こえなかったなんて、驚きだよ」

「ぼんやりと覚えているわ。だけど、本当に疲れていて、気に留めなかったの」

「あいつがこれを返してくれたよ」

ローガンがジェンナの手に濡《ぬ》れた布地のかたまりを押しつけてから、ジェンナ自身がそれがなんだかわかるまで一瞬の間があった。すばらしい。「わたしのブラね」

「そうだ。ペリーは、ぼくたちがゆうべ川岸に残してきた場所でこれを見つけたに違いない」

「猟犬はいつまでも猟犬なのね」

それに続くローガンの笑い声は、ジェンナの耳には朝の音楽の役を果たした。「本当だ。ペリーの目覚ましコールのあと、ぼくは、もう眠り直せなくなったんで、火をおこしてコーヒーをいれた」

ジェンナの頭にとびきり快い記憶がじわじわと湧《わ》いてきた。「眠れないと言えば、わたしは夜の間のどこかで目が覚めたのをたしかに覚えているわ。あなたがわたしの胸に手をのせていたの」そして、ジェンナは、わざわざその手をどかすようなことはしなかった。

「ぼくは覚えていないな。今の話で、ぼくが見た夢の説明がつくけれど」

ジェンナ自身もいくつかすてきな夢を見た。「その夢にわたしは出ていたの？」

「どうだったと思う？」

「出ていたらいいと思うわ」でも、ジェンナは、ローガンにとって夢の対象以上のものになりたかった。現実を望んでいた。

「信じてくれ。きみはたしかにそこにいたよ」

「わたしたち、何をしていたの？」

ローガンはジェンナの膝を軽く叩《たた》いた。「男はいくつか秘密を持つべきなんだ」

「たぶん、今晩、わたしたちは再演できるかもね」

「たぶん、きみは服を着たほうがいいんじゃないかな。ふたりで釣りに行けるように」

少なくともローガンはノーと言わなかった。ジェンナにしてみれば前向きのサインだった。毛布をはねのけると、ジェンナはすぐ近くにおいてあったバッグを手探りし、膝にのせた。「わたし、顔を洗いたいわ。また小川に行くことになりそうね」

「その必要はない。きみが人に見られないように、少し離れたところの木の間に防水布を吊《つ》るしておいた。水を入れた桶《おけ》とタオルもある」

なんてすばらしい一日の始まりだろう――簡易バスだなんて。「まあ、そんなものですませるしかないでしょうね。ビニールプールを荷物に入れてくれたらよかったのにと思うけれど」

「お姫さま、今あるものでなんとかなさらなくてはなりません」

ジェンナは身を乗りだしてローガンの腿をつねり、バッグの中をかきまわした。「今のは自業自得よ」

「からかっているんだよ、ジェンナ。きみには甘やかされたところがまったくないね」

ジェンナがシャワー用のジェル石鹸《せっけん》の小瓶を出すと、ローガンは彼女の手からそれをさっと取りあげた。「アロマセラピーかい？」

ジェンナは手を差しだした。「わたしはある程度の妥協はすすんでするつもりよ。でも、体をきれいにすることについてはだめ。さあ、それを返して」

ローガンはボトルをジェンナの手のひらにおき、指を丸めて包みこませた。「楽しんでおいで。アボカドとパパイヤの石鹸で」

「自分で試してみないうちにけちをつけないで、ミスター・オブライエン。とてもいい香りなのよ」

「味も同じくらい、いいかい？」

「どうしてわたしにそんなことがわかるの？　わたしはこれで体を洗うのよ。飲むんじゃないわ」ジェンナはザックの脇ポケットからへちまを引きだした。「それから、あなたにも飲むようにおすすめはしないわよ」

「ぼくは、それがどんな味がするか、いつでもきみの肌で知ることができるさ」

ローガンの名誉の鎧《よろい》にはひびが入りはじめている、とジェンナは感じた。しかも、まだ正午にもなっていない。「〝ただの友だち〟とかいう話は、もう古くなりかけているのかしら？」

ローガンは咳払《せきばら》いした。「全然。ぼくは、ほんの瞬間的に我を忘れただけだよ」

ジェンナの思いが通るものなら、ローガンは一日じゅう我を忘れ続けるところなのに。

ジェンナは小川の岸に立っていた。丈のごく短いローウエストのデニムのショートパンツ姿を見て、ローガンは触れない悲哀を味わっていた。ジェンナが今はブラをつけていないところを見れば、どうやらひとつしか持ってこなかったらしい。十六時間も必死に平静を保とうとあがいている男にとっては、それはほとんど限界だった。そうかといって時間を数えていたわけではないが。いや、実は数えていた。

もし、絶対に必要な場合をのぞいてジェンナに手を触れることなくその日を乗り切れたら、それはほとんど奇跡だ。しかし、釣糸の投げ方を示すためには彼はジェンナに触らざるをえない。前の日に写真を撮ったときと同じように。これまでのところでは、ジェンナは水中で岩を叩くことで満足しているようなありさまだ。何か釣りあげようと期待しているのなら、あれはやめさせなくてはならない。一度の朝でジェンナに釣りを教えるのは大仕事だ。しかし、そうかといって、ここでするのに釣りよりましなことは何もない。

本当はあった。しかし、ローガンは、やはり、そこまで行く気持ちの準備ができていなかった。彼が自制できることを実証するまではだめだ。

釣糸に餌《えさ》をつけると、ローガンは道具箱の前から立ちあがって、ジェンナに後ろから近づいた。彼女の背中とその下のほうをよく見ようとして一瞬、足が止まった。なんてことだ、ジェンナの脚もヒップもすばらしい。見続けていたら、ばかばかしい釣竿《ざお》を取り落とし、ゆっくりと着実に進むという約束も忘れてしまいそうだ。ゆっくりと着実にという方針はほぼ朝食のレバーソーセージ並みに食欲をかきたてるようだ。

ローガンはジェンナのすぐ後ろまで行ったが、近づきすぎはしなかった。「釣りをする気持ちはあるのかい？」

ジェンナはちらりとローガンを見やった。「わたしは少なくとも十五分前からそのつもりよ」

「正しいルアーを選びたかったんだ。それで少し手間取った。じゃあ、どういうふうにするのか、やってみせるからね」

「まあ、本当?」

「本当さ」ローガンはジェンナに釣竿を握らせ、彼女の体を腕で巻いた。まったくもう、ジェンナはいい匂《にお》いがした。「第一に、いつでも竿をしっかり握っているように気をつけること。それから、正しい位置に保つこと」

ジェンナは肩越しににっこりした。「世間で言うじゃない。いい位置におかれた竿はなかなか見つからないって」

思わせぶりなそのことばにローガンは取り合わなかった。たとえ、体はその餌に食いつきはじめたとしても。「もう、リールのブレーキはセットしてあるから、その点は気にしなくていい。投げるときには、動作をなめらかにするのがこつだ。糸がもつれるとまずい」

「わたしがやり方をのみこんだかどうか、試させて。竿をちゃんと持つこと、激しく動かさないこと、動作をなめらかにすること」ジェンナは竿を握ってなでた。「なんとかできそうだわ」

ローガンはゴールに向かうマラソンランナーのように汗をかきはじめた。「そのとおりだ」

「要領がわかったと思うわ」

ローガンもそう思うとともに、体の下のほうが落ち着かなくなった。「試してみる準備はいいかい？」

ふたたびジェンナはにっこりした。「わたしたち、まだ釣りの話をしているのかしら？」

「きみはぼくを死にそうな目に遭わせているんだよ、ジェンナ」

「わたしはそんなつもりは全然ないのよ」ジェンナは手を後ろにのばし、ローガンのほおを軽く叩いた。「だって、わたしは、魚が針にかかったら、キャッチ・アンド・リリースするのがいいと固く信じているんですもの」

ローガンは罠《わな》にはまった。今は、ジェンナをリリースできさえしたら。ジェンナのうなじは――髪を上げてポニーテールにしているので肌があらわになっている――あまりにも魅力的だった。何も考える間もなくローガンは顔をうつむけて、そこにキスをし、さらに、体をひねって彼女の顔を手に包み、唇を重ねた。

ジェンナは竿とリールを捨てると、ローガンの腕の中であっさり向きを変え、体を添わせた。あまりにぴったりと寄り添われて、ローガンはいちばん近い雑木林までの距離を頭の中で測りはじめた。ゆうべ以来しまいこんできた性的なエネルギーのすべてがキスの中にあふれでた。まさにこうなることを避けるために考えてきたあらゆる理屈は、ジェンナの手がローガンのヒップにおかれ、ローガンの手がジェンナのシャツを持ちあげてブラをつけていないのをたしかめたとたんに、駆け足で頭から消えた。

ローガンの手が胸に触れると、ジェンナは唇を合わせたままうめき、彼の腰に体を押しつけた。ローガンの反応はほとんど爆発的で、ジェンナのショートパンツに手がのびた。彼女も自分と同じぐらい熱くなっているかどうか知りたかった。ジッパーをさっと下ろし、前を開いたときやっと、良識が戻ってきて——どこか近くで人の声が聞こえたこともささやかな助けになった——必死にがんばって思い直した。

ローガンは一歩さがって手早くジェンナの服を整えながら、自分とジェンナのどちらがより強く興奮しているのか、よくわからなかった。

ジェンナがぼそぼそと言ったとき、彼女は明らかにがっかりしていた。「あなたは、今ごろの時期はタヒチは混雑していると思ったのよね」

ローガンが選ぶ道はふたつあった——釣りを続けるか、それとも、人目を避けられるテントにジェンナを連れ帰るか。しかし、ふたつの強い理由から釣りを続けるほかはなかった。第一に、コンドームの妖精《ようせい》がやってきて、枕《まくら》の下に二、三個おいていったのでもないかぎり、最後まで行くことはできない。第二に、友だちでいるという約束がある。頭を切り替えないと破ってしまいそうだ。

ジェンナはポニーテールをしっかり結び直すと、釣竿を取りあげ、ローガンに代わって決断を下した。「わたしたちに運があれば、魚はまだかかるんじゃないかしら」

ローガンも自分の竿を取り、ジェンナから少し離れた場所を選んだ。それ以上ローガンが教えなくても、ジェンナはプロのように釣糸を投げはじめた。

「きみは覚えが早いね」目が見えないのに、ジェンナは取り組んだことのすべてをマスターするらしいと、ローガンは感嘆した。

「釣りは前にしたことがあるのよ。何年も前、父と一緒に二、三度メキシコに釣りに行ったの。わたし、一度、かじきを釣ったことがあるのよ」

怒りが湧いた。まともに説明のできない怒りだった。「ぼくが教えようという気分になる前に、きみは言うべきだったのに」

ジェンナは一度の失敗もなく投げ続けながら言い返した。「なんですって。そんなことをして、コーチが終わったあとのあんな楽しみをそっくり取り逃がすべきだったというの？」

「ぼくはまじめに言っているんだ、ジェンナ。ぼくについて、大事なことをひとつ覚えておいてもらいたい。完全に正直であるということをぼくは人に求める」

ジェンナは激しい勢いでリールを巻いた。「そんなのばかばかしいわ、ローガン。あなたは、あなた自身が自分に正直になれないのに、わたしにあなたに対して正直であることを望んでいるのよ」

「きみが何を言っているのかわからないね」

「いいえ、あなたはわかっているわよ。自分で認められなくても」

ジェンナはまだ謎《なぞ》めいたことを言っていた。

「説明してくれないか?」

杖をおいてあった岩に釣竿も立てかけて、ジェンナはローガンと向かい合った。「あなたはこの友だち関係ごっこの陰に隠れているのよ。本当は、女性に近づきすぎるのが怖いからだわ。それに、あなたが認めても認めなくても、あなたはヘレナに手ひどく傷つけられたのよ」

そのことばは聞きたくなかった。「彼女はぼくにうそをついたんだ」

ジェンナはゆっくりと息を吐いた。「わたしはヘレナじゃないのよ、ローガン。わたしはあなたの欠点についてあなたを責めるつもりはないわ。わたしにもたくさんあるとわかっているから。それに、わたしは、あなたがしたくないことをむりにさせるためにここに来たんじゃないわ」

ためらいなく、杖の助けも借りずに、ジェンナはローガンに向かって歩き、目の前に来る前に少しよろめいた。「あなたにはわからないかもしれないけれど、何年もの間わたしは、わたしにとって何がいちばんいいかを、まわりのみんなが知っているという仮定にもとづいて行動してきたの。デイヴィッドも父も、わたしを、人に完全に頼らずには現実の世界で何もできない、お人形みたいに扱ったわ。初めのうち、わたしはそれと闘ったけれど、平和を保つためにあきらめたの」

ジェンナはローガンのウエストを腕で囲んだ。

「でも、あなたは父やデイヴィッドとは違う。あなたは、わたしがたんにわたしでいるチャンスをくれたわ。やっと、わたしがふつうの人間であり、魅力のある女性だと感じるチャンスを」

「きみは魅力的な女性だよ」しかも、ジェンナは、自分が彼女のその面をどれほど表に出したいと思っているか、まったく知らない。

「だから、わたしはあなたに思いださせ続けるつもりよ――わたしたちの間のこの化学反応は無視するには強すぎるって。わたしがききたいのは、いつになったらあなたはこの力を無視するのをやめるつもりなのかということよ」

ローガンはジェンナと額を触れ合わせた。「ジェンナ、ぼくはどういう意味でもきみを傷つけたくないんだ」

「あなた自身がふたたび傷つきたくないのよ。わたしだってそんなことは望まないわ。わたしたちが、残された時間をおたがいに楽しむためにここにいることをわかっているかぎり、ふたりとも化学反応を認める決心のために苦しむことはないと思うわ」ジェンナはにっこりした。「わたしは、チャンスのすべてを十分に利用しなかったと後悔しながら、ここを離れたくないの」

ローガンは、ジェンナが本当にはっきりと状況を見通していることを、その不気味なほどの鋭さを感じた。彼女が実にはっきりと彼を見抜き、彼が認めたくなかった事実をあからさまにしたことを。

いくつもの点でジェンナは正しい。ふたりの間の生々しい化学反応は無視するには強すぎるという事実もそのひとつだ。今度は、彼が実証しよう――彼は恋人と友だちの両方になれるということを。友だち関係はすでに順調に進んでいる。

ローガンはジェンナにすばやくキスをして言った。「荷物をまとめてくれ。ここを出よう」

ジェンナはがっくりし、笑顔がしかめっ面に変わった。「週末を早く切り上げることにしたのね」

ローガンが決心したのは、ジェンナに人生で最高の経験をさせようということだった。たぶん、ローガン自身の人生でも。「ジェンナ、ぼくたちは家に帰るんじゃない。山を下りて、シャワーつきのキャビンを見つけるんだ」

ジェンナの顔が明るくなった。「ねえ、あなたの冒険心はどこに行ったの？」

「きみはベッドの中でそれを知るだろう」

9

四時間歩いて中央のキャンプ地まで戻ったあと、ジェンナは、薄暗くてかび臭く、あまり涼しくないキャビンでベッドの端にひとり腰かけていた。ローガンは、二、三分で戻る、それまでじっとしているようにと言って出ていった。ジェンナは時間もローガンの行き先もよくわからなかったが、すでに数分以上たっていることはたしかだった。そして、シャワーを使うのをこのまま待つなんていやだと思った。

足元のバッグの位置をたしかめて、必要な洗面用具を取りだし、着るものは出さないことにした。ローガンの気が変わっていなければ、服は要らないはずだ。どうぞ彼が気を変えていませんように。でも、そろそろ戻ってきてくれないと、ローガンはひとりでここを離れたと考えはじめてしまいそうだ。

ジェンナは杖《つえ》を頼りにバスルームに向かった。むずかしいことではない――ローガンの話では、キャビンはひとつの空間でできていて、そこに寝室も調理室も小さな居間も収まっているのだから。

小さなシャワー室を見つけるのも簡単だった。こぢんまりしたバスルームの半分を占めていたから。ジェンナは杖を脇《わき》におき、壁を手探りして、バーにかけてあるタオルを見つけた。要るものがすべてそろっていることに満足して、幅の狭いビニールのカーテンを開け、金属のレバーを探った。お湯を出すと、さびの匂《にお》いがあたりにただよい、体を洗った結果がオレンジ色の肌にならないといいけれどと思った。しかし、服を脱ぎ、シャンプーとジェルを手にしてお湯の下に踏みこんだあとは、金属的な匂いは消え、感じるものは、足の下のひんやりしたタイルと、気持ちの安らぐ温かいお湯だけになった。それでも、ジェンナは少しゆっくりしただけで、じきに石鹸《せっけん》とシャンプーを使って汚れを落としにかかった。ローガンが戻ってくるときにはベッドの中で待っていたかったのだ。

髪をリンスして水気をしぼると、ジェンナはバスマットの上に踏みだし、タオルに手をのばした。ところが、指に触れたのは何もない金属のバーだけだった。

「これを探しているのかい?」

タオル地が腕をなでるのを感じて、ジェンナはローガンの手からさっとタオルを取り、体を拭《ぬぐ》いはじめた——わざとゆっくりと。「あなたが帰ってきているのに気がつかなかったわ」

「ぼくは、きみがぼくの注意を理解しなかったのに気がつかなかった」ローガンの声は明らかにこわばっていた。

「ちゃんとわかったわよ」ジェンナはタオルを体に巻きつけ、端を胸の間に押しこんだ。「ただ、あなたがいない間、座りこんで何もしないでいる理由がわからなかっただけ。それで思いだしたけれど、あなた、どこに行っていたの？」

「装備を車にしまって、それから、キャンプ・ストアまで行った」

「夕食用に何か買えた？」

「買えたよ。それに、夕食後のためのものもいくらかね」

〝夕食後のためのもの〟というのがなんなのかは、わたしにもわかっているとジェンナは思った。「キャンプ・ストアにコンドームがおいてあるなんて驚いたわ」

「おいているんだが、品切れでね。きっと、あのフォルスタッフは奔放な一族なんだろうなと思ったよ。いちばん近くのコンビニエンス・ストアまで十五、六キロも車を走らせなくてはならなかった」

それでローガンが長い間、戻ってこなかったわけがわかった。「あなた、まさかリザ・フォルスタッフとでくわして、あわただしいセックスをしたなんてことはないわよね？」

「まさか。じゃあ、今度はぼくがシャワーに入る番だ。ふたりで浴びられるまできみが待ってくれなかったからね。自分が相当にけがらわしい感じがするよ」

ジェンナも少々けがらわしい気分だった。少なくとも体はぴかぴかにきれいなのに。

「シャワーを浴びる間、あなたがわたしに離れていてもらいたいなら、そうするわ。だけど、よかったら、わたしはむしろここにいたいの。のぞき見はしないって約束するから」

ああ、本当はのぞき見ができたらいいのに。

「ここにいて一緒にシャワーに入ってもいいよ」

悪くない考えだ。でも、ジェンナは期待をもう少し引き延ばしたかった。「シャワー室はひとりでやっとの大きさだから、ふたりではとても狭すぎよ。わたしはここにいて、あなたがひとりぼっちにならないようにするわ」

ローガンはジェンナのあごを持ちあげてやさしくキスした。「工夫すればスペースはたっぷりあるよ。だが、きみが一緒にいたら、ぼくはあまり体を洗えないだろうな」

そのことばでジェンナはとても力づけられた。あと何分かで、ずっとローガンに求めてきたことをとうとう経験できるかもしれない。「工夫はあとに取っておきましょう。あなたが体を洗う間、わたしはここに立っているわ。ただ、話ができるようにカーテンを少し開けておいてね」

「いいよ。だけど、床を濡《ぬ》らすかもしれないな」

「床はタイルだし、きっと前から濡れていたわよ」

「今いるところにじっとしていてくれ。すべって転ばないように」ローガンはジェンナの胸の谷間に指をすべらせた。「ねえ、ぼくは、濡れているのがいい状況をいくつも思いつけるよ」

ジェンナはあとずさりして壁に寄りかかった。しっかり体を支えるものがほしかった。

「わたしだって考えられるわ。さあ、急いで」

「はい、お姫さま」

ジェンナにはローガンは目の前に立つぼやけた人影にすぎなかったから、人物像を描くには想像力を頼りにするしかなかった。さらに、ローガン自身を頼ることもできる。

「今、あなたは何をしているの？」

「シャツを脱いでいる」

ジェンナは、前にローガンの胸を手探りしたときのことを思い起こして頭の中に像を作りあげた。しかし、実物を正しく表しているとはとても信じられない。ジッパーの音とごわごわしたデニムが擦れる音が聞こえると、その瞬間のローガンがどんなふうに見えるかについては、あまり判断の頼りになるものがないと気がついた。でも、それはすぐに手に入るだろう。自分の意見が通るなら。

カーテンが引かれる音に続いて水音が聞こえたあと、ジェンナはきいた。「洗っているところなの？」

「そうだ、髪をね」

「わたしのシャンプーで、それとも、あなたの？」

「ぼくのだ。ラベンダーの香りは、ぼくよりもずっときみに合う。それに、ぼくも自分の石鹸を持っている。固形のだ。ジェルじゃなくて」

ジェンナは、ローガンが髪を洗い終えられるように、しばらく間を与えてからきいた。

「今は何をしているの?」

「お湯を浴びている」

「それはわかっているわ。体のどこにお湯を浴びているの?」それは、相手がだれにせよ、これまでにジェンナが人に浴びせたいちばんしつこい質問に違いなかった。

「顔を洗っている」

「次はどこ?」

「どういう意味だ?」

「たいていの人には決まった手順があるものよ。たとえば、最初に顔、胸、脚、などというふうに」

「ぼくは、その〝など〟のところを最後に残す。きみはそこを手伝いたいかい?」

ジェンナは、体がほてるのと鳥肌が立つことの両方に同時に襲われた。「あなたは自分でなんとかできると信じているわ」

「きみがなんとかしてくれたら、もっと楽しいよ」

ジェンナはローガンのすすめに乗りたい衝動に抵抗した。「わたしのするべきことのリストに載せておくわ」

「いずれぼくが思いださせるよ。念のために」

ジェンナは目を閉じて、頭を壁に軽くあて、空想を羽ばたかせた。体じゅうに石鹸を塗っているローガンを思い描けた——分厚い胸に塗り、引き締まったおなかに、がっちりした腿に、ついで、申し分のないヒップに。さらに、そのあとは……。その石鹸になれたらいいのに。

湿った熱気と湧《わ》きあがる興奮と闘いながら、ジェンナは姿勢を変えた。これほど強く人をほしいと思ったことはかつてなかった。とりわけ、前の夫をこんなに求めたことはない。一緒に過ごした最初のころ、彼のセックスはほとんどの点で満ち足りるものだった。しかし、すぐにも彼を愛したくて身もだえしそうなほど熱くなったことは一度もなかった。今、ジェンナの肌は、ローガンのことを考えただけで張り裂けそうだった。

ローガンにかきたてられた欲望は、恐ろしいほど激しかった。たぶん、その激しさは、自分の暮らしに人との親密な関係が欠けているためか、忘れられない経験への期待から来ているのだろうとジェンナは考えた。または、たんに、ローガン自身が原因なのかもしれない。わたしとよその土地に出かけるために忙しい日程から数日もの時間をさいてくれた人であり、しかも、その人のいちばんいいところは、まだこれからわかるのだと思う。

水音が止まると、ジェンナの心臓の鼓動はさらに高まり、自分の息づかいが変に苦しく聞こえた。ローガンの手が顔に触れたとき、愛を求める低い声が開いた唇からもれた。

「ジェンナ、だいじょうぶかい?」

ジェンナは深く息を吸った。「わからないわ。感じるの、あの――」

「高まっているということか?」

「そうよ」

ローガンはジェンナの首のつけねに顔をすり寄せた。「きみがしてもらいたいことを言ってくれ」

ベルベットのようになめらかなローガンの声は、強力な薬に負けない効き目があり、ジェンナは快くぼんやりした気分になった。「ベッドに連れていってほしいの」早く、脚がくずおれる前に。

そのことばを聞くか聞かないかのうちに、ローガンはジェンナを腕に抱えあげて、身も心も運び去った。ローガンの動きが本当にすばやかったので、きしむベッドに下ろされる前にジェンナが気持ちの準備をする時間はほとんどなかった。マットレスが体の下でたわみ、ついで、タオルを引かれ、はずされると、ひんやりした空気が裸の肌を流れた。ローガンに横向きにされ、腕の中に抱きかかえられるとともに、ジェンナは感覚でとらえられるさまざまなことを一度に吸収した――ローガンの清潔な香り、快い感触、自分の唇を覆う彼の口の味わい。

ローガンは、意外に抑制した感じの短いキスをしたあと、唇をジェンナのあごから首、最後に耳へとはわせた。「これ以上先に進む前に、ひとつだけききたいことがある」

ローガンの口調がひどくまじめなので、ジェンナはほとんど怖くなった。「いいわよ」

「きみの好きな色はなんだ?」

ほっとした思いと純粋なうれしさで、ジェンナは声をあげて笑った。「虹《にじ》にある色ならどれでも」

「覚えておくよ」ジェンナをあおむけに寝かせながら、ローガンは言った。

ローガンがふたたびキスをしたために会話はとぎれた。圧倒的なのに信じられないほどやさしいキスだった。ジェンナののどを下がり、肩をなでるローガンの手は、軽く、気持ちを落ち着かせるように肌をかすめた。

ローガンがキスをやめたとき、ジェンナはもう少しでやめないでと言いかけたが、胸が温かい口にふくまれるのを感じて思いとどまった。胸の先端をめぐって舌をそっと動かされて、小さなうめき声がもれ、腹部を下へとすべる手を感じて、体じゅうにかすかな震えが走った。

ローガンはジェンナの脚に注意を移し、腿のつけねを手の甲で繰り返し軽くなでて、そのたびにしだいにいちばん上に近づいた。さまざまな感覚が洪水のように押し寄せ、ジェンナは、どこに意識を集中したらいいのかわからなくなった——ローガンの巧みな口か、あるいは、それにも負けずに巧みな手か。

絶対に手だ。ジェンナがそう決めたのは、ローガンの脚で腿を開かれ、もう何日も悩まされているうずきの源に集中的に触れられたときだった。

「きみは熱いね」ローガンはささやいた。

ジェンナは吐息まじりの声で答えた。「あなたのおかげでね」

「ほかにきみのしたいことを教えてくれ」

「わたしもあなたに触れたいわ」

ローガンはジェンナの手を取りあげて、自分の高まりへ導いた。「自由に触れてくれ」

ジェンナは言われたとおりにした――好奇心に引かれ、ローガンにされたのと同じようにそっとなでながら。ローガンの反応に注意を集中し、少し大胆に触れたときに彼の息が詰まるのを聞き取って、自分がよろこばせているのだとわかった。ところが、その後ローガンに手を押しのけられると、何か間違ったことをしたのかと不安になった。

「これ以上はだめだ。さもないと、ぼくは耐えられなくなる」

口がきける程度に頭がまともに働いていたら、たぶん、ジェンナもまったく同じことを言っただろう。しかし、ローガンのほうは愛撫《あいぶ》をやめないので、ジェンナは頭がぼんやりしていた。プレッシャーはますます高まり、やがてとうとう、感覚に身を任せる以外、何もできなくなった。ところが、ローガンはまさしくその瞬間をとらえて手を止め、ジェンナに低く抗議の声をあげさせた。

「まだだよ」ローガンが言った。

ジェンナは包みを破る音を聞いて、待つのはもうすぐに終わるとはっきりわかった。ローガンは戻ってくると、ジェンナの上に体を重ね、「さあ」と言いながら、彼女のヒップを持ちあげ、中に分け入った。

たちまち、クライマックスが圧倒的な迫力とともにジェンナを襲った。ジェンナをのみつくし、予想していたよりはるかに長く続く解放だった。衝撃がやわらぎはじめてからやっと、ジェンナはローガンの力強い動きに神経を集中し、両手を彼の背中からヒップへとすべらせて、手のひらにあたる筋肉の動きを楽しんだ。こういうことができなくてどれほどさびしく思ってきたことだろう。本当に本当にさびしかった。しかし、さらに重大なのは、目が見えないことを痛いほど思い知らされた点だった。そして、それがふたりの交わりにとって何を意味するかということも。

「あなたを見られたらと思うわ」ジェンナは言った。心の底からのことばだった。

ローガンは何も言わずジェンナの両手を取ると、手のひらにキスしてから自分の顔にあてた。ジェンナがそのときの自分のようすをできるかぎり感じ取れるようにと。「きみに触れるのは本当にすごくいい気持ちだ」

そんな短いことばさえ、ローガンは口に出すのがとても大変なようだった。しかし、それは、言い表せないほどジェンナの心を動かした。さらに、それに続くローガンの気持ちのこもったキスも。そのあとすぐに彼はふたたび体の欲求に負けた。より深くより強くローガンが突き進む間、ジェンナは彼の顔を探り続け、集中した表情を見たい、彼が自制心を奪われる瞬間をこの目で見たいと激しく望んだ。見る代わりに、ジェンナは自分の胸にあたるローガンの心臓の速い鼓動と、その瞬間が近いことを告げる体の緊張を頼りにした。ローガンは強く分け入るとともにクライマックスに達し、体を大きくわななかせ、ジェンナの上にくずおれた。

ローガンの背中をなで、息づかいがふつうのリズムに静まっていくのを聞きながら、ジェンナは、いつまでも去りたくない安らぎの地に入っているような気分を味わっていた。ずっとずっととどまっていられる地に。

「何を考えているの？」ローガンが体を動かすことも話すこともできないのを見て、ジェンナはきいた。

「あわただしすぎたね」

「信じられないほどすばらしかったわ」

「もっとよくなるはずだ」

もっとよくなったら、とても耐えきれないかもしれない。「わたしはそうは思わないし、間違いなく待ったかいがあったわ」ローガンが少し身動きすると、ジェンナは彼の背中を押さえていた手に力をこめた。「まだ行かないで」

「どこにも行かないよ。あまりに待ったために、とてもあわただしいものになってしまった」

ジェンナは眉根を寄せて考えた。「わたしたちは知り合ってから、ええと、九七日でしょう?」奇妙なことに、もっとずっと長くローガンを知っているような気がした。「それを言うなら、たいていの女性はあなたをそれほど長く待たせないと思うけど」

「ジェンナ、信じてくれ。きみはたいていの女性とは全然、違うんだ」

木のヘッドボードはローガンの背中にはコンクリートブロックのように感じられた。それでも、ローガンはあえて動かず、その瞬間をだいなしにする危険を冒さなかった。

サンドイッチの軽い夕食をとったあと、ローガンとジェンナはベッドに落ち着いて話をした。ところが、ローガンが自分の事業にチャーター機を取り入れる計画を説明しているうちに、ジェンナは眠りに落ちてしまった。頭をローガンの腕のつけねのくぼみに入れ、手は彼の胸にゆるやかにおいて、ゆったりとした表情を浮かべている。すでに一時間以上その姿勢を続けていて、無邪気で安らいだ感じに見えた。数分前からローガンはジェンナのまぶたの下で目がかすかに動くのを見守り、どんな夢を見ているのだろうかと考えていた。そんな夢の中ではジェンナはふたたび目が見えているのだろうかとも。

ジェンナは矛盾そのものだとローガンは気がつきはじめていた――猛烈に自立心が強く

て、しかも、ときにはほとんど傷つきやすい。自分では強い意志の陰にそれを隠そうとしているけれど。ローガンにはそのことが理解できた。自分の弱さをむきだしにされたいと思う人間はいない。とりわけ、ローガン自身がそうだった。しかし、ジェンナは間違いなく、ローガンの鋼のように固い殻のいくらかをはがし、彼が、ビジネスと、ろくに知らない女性のベッドにいっとき逃げこむこと以外の、何かを気にかけるようにしむけた。この一年間で初めて、ローガンに何かを〝感じ〟させた。そして、そのことがローガンには恐ろしくてたまらなかった。

ジェンナが背を向けると、ローガンは彼女の下から腕をゆっくり抜き、ベッドから慎重に出た。ボクサー・パンツをはいて、渇いた口を潤すものを見つけようと冷蔵庫のところに行った。ビールがほしくてたまらなかったが、ソーダで間に合わせた――そして、ジェンナから少し距離をおこうとした。

古びた格子柄のソファの隣にあるひとつだけの椅子に腰を下ろすと、ローガンはソーダを脇において頭を背もたれに寄せ、目を閉じた。しかし、真夜中に近いのに少しも疲れていなかった。実際、眠るには気が高ぶりすぎていた。キャビンにテレビがおいてないのがとても残念だった。あれば、野球を見て気を紛らわせられるだろうに。散歩に行くこともできるが、ジェンナをひとりでおいていきたくない。あるいは、ベッドにもぐりこんでジェンナを起こし、エネルギーを少し発散する可能性もある。

そう考えただけでローガンの体はふたたび活気づいた。ところが、ふいに悲痛な叫び声が聞こえて、ぱっと目を見開くと、ジェンナがベッドに座ってとり乱した表情を浮かべていた。ローガンは椅子から飛びあがり、駆けつけてジェンナを抱いた。

ジェンナが落ち着きを取り戻すまで、ローガンは彼女を前後に揺すった。「だいじょうぶだよ、ダーリン」

ジェンナは体を離した。混乱しきった顔をしている。「ローガン？」

「そうだよ、ここにいる。きみはきっと悪い夢を見たんだね」

ジェンナは、イメージを消そうとするかのように両手で顔をなでた。「悪夢だったわ」

茶色の目に浮かぶ恐れから察するに、それは本当にひどい悪夢だったようだ。「話したくないかい？」

「あまり筋が通らない夢だったわ」

「たいていの夢はそうだよ」

「わかっているわ。でも、今の夢は本当に奇妙で怖かったの」ジェンナは短く息を吸い、ゆっくりと吐きだした。「あの小川でひとりで小舟に乗っているうちに、岸にジョン・デイヴィッドが見えたの。わたしはあの子を呼び続けて、あの子はわたしを見ると林に逃げこんだわ。その次にわたしにわかったのは、自分がジョンを追いかけていたことと、でも、見つけられなかったこと。何かがあの子に起きて、しかも、わたしは守ってあげられないという恐ろしい感じに襲われたの」

ジェンナの潜在意識が不安をさらにかきたてたのだとローガンにはわかった。「きみはその夢を前にも見たことがあるのかい?」

ジェンナは首を振った。「正確にはないけれど、似たような夢は二、三度見たわ。何かの前兆でないといいけれど。そういう類《たぐい》のことを、わたしはこれまで信じなかったけれど」

ローガンはジェンナの額にキスをして、さらに固く抱きしめた。「子どもはきっとだいじょうぶだよ。たぶん、ベッドで眠っている。あしたの朝早く出発するつもりなら、ぼくたちもそうしなくちゃ」そう考えてローガンはベッドに横になり、ジェンナも一緒に寝かせた。

「ジョンがたしかにだいじょうぶだと思えるまで、眠れるかどうかわからないわ。それに、もしも、デイヴィッドが向こうから電話をかける気になったとしても、あしたの晩まではかけてこないと思うの」

「どうして彼はかけようとしないんだ?」

「たんに自分の立場を有利にするためよ。それが、リードストーン家の人たちの典型的なやり方なの」

その名前をどこで聞いたのか気がつくまで、ローガンは少し考えなくてはならなかった。

「リードストーン・エレクトロニクスの一族のようにか？」

「その一族なのよ。デイヴィッドはメンフィスにいて、リードストーン王朝が新しい事業を開拓するのを取り仕切っているの」

金と金の結婚のまた新たな一例だ。「きみは離婚後に旧姓を取り戻したのか？」

「わたしは結婚したときに姓を変えなかったのよ。ジョンの姓は、ふたりの名字をハイフンでつないでいるの」

ローガンはあごをなでた。「ジョン・デイヴィッド・フォーダイス＝リードストーンか。けっこうな響きだが、野球のユニフォームからは絶対にはみ出すね」

やっとのことでジェンナは笑った。おずおずした笑みだったが、笑顔には違いない。

「とにかく、デイヴィッドは、わたしが息子のことを心配しすぎていると言うの。よく言うわ。結婚していたとき彼がわたしをどう扱ったかを考えれば」

ローガンの頭の中で警報のベルが鳴り響いた。

「彼はきみを痛めつけたのか？」

「ただ、わたしが何かするたびに、なぜ人にやらせないのかと問いただされる、という意味でね。しかも、それはわたしの目がちゃんと見えていたときのことなのよ。彼はわたしが子どもの世話ができると信用できずに乳母を雇ったの。だけど、わたしは現に息子の世話をしていたし、上手にできていたわ」

卑劣な男だ。「きみはちゃんとしていたに違いないよ。ぼくの母はいつも言っていた。母性本能は世界じゅうでいちばん強い本能だとね」

「あなたのお母さまはとても賢明な方ね」ジェンナはローガンの顔を探り、唇に指先で触れ、ついで自分の唇も合わせた。「それに、お母さまには本当に飛び抜けてすばらしい息子さんがいるわ」

ローガンは歯をのぞかせて笑った。「デビンはいいやつだ」

ジェンナはローガンの腕を強く叩《たた》いた。「自分がほめられるに値しないふりをするのはやめて。あなたにはその値打ちがあるんだから」

母の教えがまたひとつローガンの頭に入りこんできた——人にほめられたら丁重に受け入れなさい。「ありがとう。きみもいわば飛び抜けた人だよ」いわば飛び抜けているだって？　とんでもなく控えめすぎる言い方だ。

ジェンナはローガンと手をつないだ。「わたしたちがあした帰る必要がなければいいのにと思うわ、いくつかの意味で。でも、別の意味では——悪く取らないでね——息子と話すのに間に合うように家に帰るのが楽しみだわ」

キャンプ場から離れ、ジェンナからも離れるというのは、ローガンがそのとき何よりも考えたくないことだった。ジェンナと息子がことばを交わす貴重な機会と、あしたジェンナを家に連れ戻すようにとアヴェリーに強く言われたことにかかわりがなければ、二、三日旅を延ばしてもかまわないとローガンは思った。延ばした場合は、ジェンナの子どもには彼の携帯電話から電話をかけられる。アヴェリーの脅しは無視できる。あるいは……。だめだ。そんな考えは正気の沙汰《さた》ではない。実際的でない。しかし、実行できる。

「ローガン、あなた、わたしの上で眠ったの？」

ローガンはジェンナの腕をさすった。「まだ起きているよ。ただ、考えているんだ」

「なんのことを？」

「かけなくてはならない電話のことだ。携帯電話は車の中の充電器においてある」ローガンはベッドを出て、ジーンズをはいた。「二、三分で戻るから、どこにも行ってはだめだよ」

ジェンナは横向きになって、シーツを手に持っていないいないばあをしてみせた。「あなたが早く帰るように、これで説き伏せられるかもね」

ローガンは身を乗りだしてジェンナにキスをした。「もう説き伏せられているし、その考えを頭から離さないよ」

ジェンナのほうがもっと上を行き、シーツを完全にけとばした。「ささやかなおまけの刺激よ」

挑発的なポーズで裸で横たわるジェンナの眺めは、ローガンを鋼の梁《はり》のようにこわばらせた。「きみは実に意地悪な人だな」

「視力がないということは、抑制がないということになるのよ。だから、慣れてもらいたいわね、オブライエン」

そうだ、慣れるということは必ずできる。それに、ジェンナの体のどこにでも乗ることができる。しかし、物事は順番に片づけなくてはならない。「もう行くよ」ドアに向かってあとずさりしながら、ローガンは言った。「動いてはだめだよ」

「約束するわ、あなたが急いで帰ってくるなら」

ローガンはポーチの階段を駆けおり、数メートル離れたところに停《と》めてある車まで走った。中にもぐりこみ、充電器から電話をはずして、短縮ボタンを押した。

ボブがしわがれた声で「もしもし」と答えるのが聞こえると、ローガンは挨拶《あいさつ》もはぶいて言った。「ボブ、してもらいたいことがある」

「どこにいるんです、社長?」

「まだ、アーカンソーだ。パソコンでデイヴィッド・リードストーンの住所と電話番号を探してくれ。テネシー州のメンフィスのあたりだ」

「しばらく時間がかかりますよ。特に、番号が電話帳に載っていない場合は」

「するべきことをなんでもしてくれ。ただ、あしたの朝いちばんで知らせてほしい」

「何事ですか?」

ボブの知ったことではない。「ただ住所を調べてくれ。それから、ぼくの月曜のスケジユールを空けてほしい。たぶん、火曜の朝まで帰らないと思う」

「そいつは大問題になりますよ、ミスター・オブライエン。月曜日には二時にミーティングがありますからね。それをもう一度動かせば、将来のクライアントをなくすでしょうね。それに、ミスター・フォーダイスとのミーティングもあるし」

「ぼくは彼とのミーティングを予定した覚えはないがね」

「社長はしていません。ミスター・フォーダイスが組んだんです」

すばらしい。「じゃあ、ぼくは月曜の午後には出社する。それから、フォーダイスには自分で電話するよ」

あした電話しようとローガンは思った。テネシー州に向かって出発したらすぐに。

10

「着くまであとどれくらいかかるの、ローガン？」

「ぼくの予想は五分ぐらいだね」

太陽は公園を発《た》ったときほど明るくなかったが、まだあまり遅くはなっていないとジェンナは感じた。「今、何時？」

「もうすぐ六時だ」

「十時間も走っていないのはわかるわ。午前の半ばになるまで出発しなかったんですもの」

「おいおい、発つのが遅くなったのはぼくのせいじゃないよ。朝寝坊したがったのはきみじゃないか」

ジェンナは顔が染まるのを感じて腹が立った。

「あなたがわたしを寝かせなかったのよ」

「きみが文句を言った覚えはないけどね。うめき声は聞いたが、不平は聞いていない」

そんなことはないとジェンナは言えなかった。さらに、なんだか腑《ふ》に落ちない気分が続いていることも否定できない。「わたしの計算が合っていれば、ヒューストンに着くにはまだ三時間はかかるんだけど。あと五分じゃなくて」

「ぼくは、ほとんどヒューストンに入っていると言ったんじゃないよ。ほとんどそこに着いていると言ったんだ」

「〝そこ〟って正確にはどこなの？」

「ちょっと待ってくれ。ぼくは道路に集中しなくちゃならないんだから」ローガンはブレーキを踏んだ。「ちくしょう、見落とした」ぶつぶつ言い、ジープをバックさせた。

「何を見落としたの？」

「ぼくたちが行く場所さ」

ローガンが秘密を明かさないことで、ジェンナのいらだちはますますつのった。「どういう場所？」

「びっくり箱さ。すぐにわかるよ」

ときには、びっくりさせられるのも好きだ。しかし、ジェンナにはひどく気にかかっていることがあった。「あなたがぜひとも寄り道をするつもりなら、それがどこだとしても、わたしはそこからジョンに電話しなくちゃ」

「ジェンナ、きみは今夜、子どもと話すようになる。ぼくが約束する」

一日じゅう、ジェンナはジョンと話をすること以外、ほとんど何も考えなかった。ローガンのことと、この数日ふたりで一緒にしたことを思い起こすときは別だったが。今は、ひどく謎《なぞ》めいた態度のローガンにきつく文句を言いたい気分だった。

ローガンは急に左に曲がった。有名なレストランでも見つけたのかしらとジェンナは思った。ホテルかもしれない。違う。ローガンは、直接、行くつもりだと言った。でも、直接、どこに?

「着いた」ローガンは言い、すぐあとにシートベルトをはずす、かちりという音が聞こえた。

ジェンナは、ローガンがある程度、疑問に答えてくれるまでは動かないと決めた。「少しはヒントをくれない?」

「オーケー。ぼくたちは、ある家に入って、ある件で、ある人たちと会う」

ジェンナは目をくるりとまわしてみせた。「それではあまりはっきりしないわね。あなたは言い逃れコンテストで賞を受けるに違いないわ」

ローガンは平然と笑った。「聞いてくれ。もし、ぼくが計画したことがきみの気に入らなかったら、あとでぼくを絞りあげていい」

なぜか、それがふさわしい仕返しとは思えなかった。「たぶん、あなたはそれを楽しむと思うわ」

「かもしれない。その話はあとでしよう」

ローガンの手を借りて車から降りると、遠くで犬が吠《ほ》える声と子どもたちが遊んでいる声が聞こえた。庭の中の通路と思われるところを進むうちに、藤《ふじ》の香りがするのがわかった。

「ポーチに上がるのに階段が二段ある」ローガンが言った。

つまずくこともなくポーチに上がると、ドアのチャイムが鳴るのが聞こえた――そして、ごく聞き慣れた声が言った。「会えてうれしいよ、ジェン」熱のない口調だった。

一瞬、ジェンナは耳がどうかしたのかと思った。しかし、その直後にローガンが言った。

「デイヴィッド、急な話なのに、会ってくれてありがたく思っている」

「あまり都合がよくはないが、入ってくれ」

家の中に入るにつれて、ジェンナのショックはやっと治まって、口がきけるようになった。「いったい何が起きるの？」

ローガンはジェンナの杖《つえ》を持っていないほうの手を取り、ぎゅっと握った。「ぼくは約束しただろう、きみが息子と話せるようにするって」

やっとそのとき、ジェンナは、ローガンが自分にとてつもない贈り物をしてくれたことを信じる気持ちになった。ジョンに会い、腕に抱き、キスできるのだ。ローガンにも、今すぐこの場でキスしたいところだった。もし、前の夫がそばにいなければ。

「あの子はどこ?」ロビーの強い明かりから目を守るためにサングラスを頭から下ろしながらきいた。
「自分の部屋にいるわ」女性の声が答えた。「こんにちは、ジェンナ。ジンジャーよ」
一年足らず前に息子の人生に入ってきた女性がそこにいるのだ、とジェンナはわかった。
これまで会ったことも見たこともない女性だ。新しい夫が息子を取り戻しにテキサスに来
たとき、ついてこなかった女性だ。
「やっとお会いできてうれしいわ、ジンジャー」
「こちらこそ」ジンジャーはジェンナと短く握手しながら言った。「でも、ジョンは今、
少し旅の疲れが出ていると思うの。あまり機嫌がよくないのよ」
ジェンナには子どもの機嫌の直し方はわかっていた。「あの子の部屋への行き方だけ教
えてください。わたしが元気にするわ」
「ジョンがここに出てきて、わたしたちと一緒になる気があるかどうか、わたしが見てく
るわ」ジンジャーは言い返した。
「たぶん、そうするほうがいいよ、ジェン」デイヴィッドが口をはさんだ。「あの子はそ
のほうが気が楽だと思うよ。ぼくたちが一緒にいるほうが」
この人たちが一緒にいるほうが? このふたりはことごとにわたしを他人のように扱っ
ている。「いいわ。でも、この家にいる間に、わたしは何分かはあの子とふたりだけで過

ごしたいわ」

「それはなりゆきを見よう、ジェン」

自分の名前を縮めて呼ぶのはやめてもらいたいと、ジェンナはデイヴィッドに言いたかった。かつては気にならなかったが、今は、すでにぴりぴりしている神経に障る。「あの子はわたしの顔を見ればきっと元気になるわ」

「わたしが連れてくるわ」ジンジャーが言った。「それまでゆっくりしていて」

「腰を下ろせるとよさそうだがね」ローガンが言った。「長い一日だったから」

「こちらへ」デイヴィッドの口調には、わざとらしい礼儀正しさが感じ取れた。ジェンナは、デイヴィッドがすでに自分とローガンの関係を勘ぐりはじめているのではないかと察した。まるでそれがデイヴィッド自身にもかかわりがあることのように。

ローガンはジェンナをソファに導いた。ジェンナは棒のように体をこわばらせて座り、言い分は胸の中に抑えこんだ。怒りに負けるようなことをしてはならない、子どもに会えるチャンスがあるときに。

自分が産んだすばらしい男の子のかわいい声が聞こえたとき、ジェンナの興奮は高まった。限りなく愛した、そして、今も限りなく愛している子どもだ。自分の電話にいつも熱っぽく答えていた、かけがえのないその子が、突然、大きく叫んだ。「ぼく、あんな女の人、知らない！」

すばやい足音が遠ざかっていくのを耳にして、その一歩ごとにジェンナの心臓に裂け目ができるようだった。最悪の恐れが現実になった――ジョン・デイヴィッドはわたしを忘れてしまった。

はるばる会いに来たのに、自分自身の子どもに拒まれていると知るのは耐えられないことだった。子どもにつらい思いをさせるのも耐えられない。自分がその原因だと知りながら。そうなった今、ジェンナはその場を離れたいとしか思わなかった。

できるかぎり落ち着いた態度で、ジェンナは杖を頼りにソファから腰を上げた。「たぶん、これはいい考えじゃなかったんだわ。行きましょう、ローガン」

ローガンはジェンナの手をつかんで、ソファに押し戻した。「子どもに少し時間をあげて、ジンジャーに落ち着かせてもらうんだ。そうしたら、きみは、おやすみのお話を聞かせに行けるよ」

「ジェンの言うとおりだ、ローガン」デイヴィッドが言った。「こんなやり方はいい考えじゃない。それに、前もってぼくは電話できみにそう言ったじゃないか」

「きみが言ったことなど、ぼくはまったく気にしない」ローガンの声は淡々としていたが、それでも、ジェンナには脅すように聞こえた。「ジェンナは息子としばらく過ごす権利がある。子どもは、その人が本当に母親だとわかったら落ち着くだろう」

「ごめんなさい、ジェンナ」戻ってきたジンジャーが言った。「あの子は部屋から出ないと言っているの。今はとても取り乱しているわ。たぶん、あなたは、またいつか出直さなくてはいけないんじゃないかしら」

またいつか。ジンジャーはまるで、それが、決められたある日にジェンナがなんとかできることのように装っている。「努力してくださってありがとう。ジョンにわたしが愛していると伝えてくださいね」

ジェンナはふたたび立ちあがり、ローガンが止める間もなく、杖を壁沿いについて戸口だと思う方向に向かった。甘ったるいポプリの香りと磨きあげた木の匂《にお》いがジェンナの胃を激しくかき乱した——世界じゅうの何よりも、視力よりも大切なただひとつのものを失ったという恐ろしい思いと一緒になって。

ジェンナが手をのばして玄関のドアの取っ手に触れたとき、別の手が出てきて彼女の動きを止めた。「ジェンナ、出ていってはいけない。それに、彼らの言うことに耳を貸すのもやめろ」

抑えつけようと努めたにもかかわらず、涙がジェンナの顔を伝いはじめた。「あの子がわたしに会いたがらないのよ。わたしのことがわかりさえしないいんだわ」

ローガンはジェンナの肩をつかんで向きを変えさせた。「あの子はきみをよく見なかった。きみが話しかければ、きっときみだとわかると思うよ」

ジェンナは手の甲でほおを拭《ぬぐ》った。「もし、わからなかったら?」

ローガンはジェンナを腕の中に入れた。「ジェンナ、あの子はきみを思いだすさ。きみはただ、思いだすチャンスを与えさえすればいいんだ」

ジェンナはどうしたらいいのかわからなかった。今、出ていったら、後悔するかもしれない。あるいは、ここにとどまっても同じことになるかもしれない。でも、こういう機会がいつまた得られるかはまったくわからないのだ。

「悪かったわ、ローガン。あなたはわたしのためにこんなに苦労してくれたんだから、わたしにできるせめてものことは、それをむだにしないようにすることよね」

「きみ自身にとって、むだにならないようにするべきだ。それに、何も大変ではなかった。ぼくが冷静さをなくして、きみの前夫にパンチをくらわしでもしたら、大変なことになるかもしれないけどね」

ジェンナはローガンの手を握ってにっこりした。「あなたはわたしの後ろでお行儀よくしていなくてはだめよ。それに、もし、デイヴィッドが警察を呼んだ場合、あなたはテネシー州のいい保釈保証人を知っている？」

「デイヴィッドはそんなことはしないよ。もし、そうなっても、ぼくがどうにかする」

生まれて初めてジェンナはだれかの助けに頼ることを気にしなかった。それに、ローガン・オブライエンは、たんなるだれかではない。それは、この数日のうちにあまりにも明らかになっている事実だった。「わたし、やれそうな気がする」

「きみにできるのはそれだけさ。それに、ぼくがたちまち駆けつけるよ。もし、必要になったら」

ふたりが居間に戻っていくと、デイヴィッドは悩ましげに長いため息をもらした。「きみたちはもう出ていったと思っていた」

そう望んでいたのだとジェンナは察した。「予定が変わったのよ、デイヴィッド。ジョンの寝室はどこ？」

「その考えはまずいと決めたと思ったけれどね」

ジェンナの忍耐心のか細い糸が切れかけた。「わたしは今晩、わたしの息子と会いたいの。わたしに会えば、あの子はわたしだとわかるわよ」

「ぼくは、きみがジョンに会うのに同意する必要はないんだよ」

「きみは子どもにとって何がいちばんいいかを考える必要がある」ローガンが言った。

「それに、これは母親の訪問なんだ」

「ぼくだって子どものことを考えているんだ、オブライエン。今現在、あの子はきみたちのどちらとも会いたがっていない」

ジェンナが右手の前方で何かが動くのを感じ取ったすぐあとで、ジンジャーの声が聞こえた。「ジェンナ、これがどんなにつらいことかわかるわ。でも、あなたはこれ以上ジョンを動揺させたくないと思うけれど」

またしてもジェンナがもう少しで折れそうになったとき、ローガンがきいた。「ジンジャー、きみは妊娠後どれくらいになっているんだ?」

「だいたい四カ月だわ」

一瞬の驚きと理不尽な嫉妬《しっと》を押しのけて、ジェンナは、ローガンが与えてくれたその情報を利用しようと決めた。「ジンジャー、もし、だれかがあなたをあなたの赤ちゃんに近づかせなかったら、あなたはそんなことをよろこぶかしら?」

「よろこばないでしょうね」

「それなら、息子と話すチャンスをわたしにくださらない? もし、あの子があまりに取り乱すようだったら、わたしは帰ると約束するわ」

「この人の言うとおりよ、デイヴィッド」ジンジャーが言った。「ジェンナに少なくとも話してみるチャンスをあげるべきだわ」

「こんなことはぼくはまったく気に入らない」デイヴィッドはぶつぶつと言った。

ジェンナの手を握るローガンの手に力がこもった。「リードストーン、これはきみには関係ない。さあ、子どもの寝室の場所を教えてくれ。教えなければ、ぼくが自分で見つけてみせる」

ジェンナはローガンの気づかいがうれしかった。結果はどうなるとしても、彼がこんな機会を自分に与えてくれたことがうれしかった。わたしはローガンを……愛しているのかしら？　今はそんなとりとめのない考えを見極めている場合ではない。

「階段を上がって、左側のふたつめのドアだ」デイヴィッドは折れた。「だが、もし、あの子がいやがったら、ふたりともすぐに下りてきてもらいたい」

怒りを抑えこみ、できるかぎりの好意をかきあつめて、ジェンナは言った。「本当にありがとう。わたしがわたし自身の子どもに会うのを〝許して〟くれて」

ローガンはジェンナの手を取って廊下を導き、じきに立ち止まった。「階段の下に来ている。踏みこみの幅は六十センチぐらいで、最初の踊り場までだいたい十段。そのあとも、たぶん、同じぐらいある。ひとりで行けると思うかい？」

行けると思うが、そうしたくなかった。「一緒に来てくれる？」

「きみが来てもらいたいと思うなら」

「来てもらいたいの」望むだけではなく必要なことでもあった。

ふたりは階段を上がって、廊下を進んだ。やがて、ローガンは足を止めて言った。「寝室の前に来たよ。だけど、先にぼくを入らせて、子どもと話をさせてくれ」

「あの子はあなたを知らないのよ、ローガン」ジェンナは、息子が自分をよく見てからでさえ、母親とわかってくれるかどうか自信がなかった。

「そのとおりだ。しかし、ぼくには考えがある。ぼくを信じてくれないか」

ジェンナはなぜかそのことばに従った。「いいわ」

「ぼくはドアを開けておく、きみにぼくの言うことが聞こえるように。だけど、さしあたりは、きみは中から見えないところにいてくれ」

ローガンがそばを離れると、ジェンナは肩を壁に寄せて、耳をすませた。

「やあ、ジョン・デイヴィッド」

「だれ？」

子どもの声は警戒した感じだった。ジェンナはすぐにも入っていって息子を強く抱きしめたかったが、じりじりする気持ちを抑えこんでローガンが計画を進めるのを待った。

「ぼくの名前はローガンだ。ママの友だちなんだ」

「ジンジャー・ママの？」

ジェンナは手で口を覆い、目を固く閉じて涙がこみあげるのを防いだ。

「違う。きみのママのジェンナの友だちだ」

「ああ、ぼくのママだね」ジョンはそう言って、息子に完全に忘れられてはいないというジェンナの自信を勢いづけた。

「そうだよ。きみの熊《くま》はなんていう名前？」

「プーキー・ベア」ジェンナは子どもと一緒に口を動かした。水兵服を着たブルーのふわふわの熊で、ジェンナがジョンの一歳の誕生日に贈ったものだった。それ以来、ジョンはその熊を毎晩ベッドに連れていった。少なくともその点は変わっていない。

「ぼくも、その子とそっくりの茶色の熊を持っていたよ」ローガンは言った。「名前はバズだった」

縫いぐるみと一緒にいるローガンをジェンナは想像できなかった。タフガイのローガン、熟練したキャンパー。熟練した恋人――そして、友だち。

いっときの沈黙の後、ローガンがきいた。「その写真の人はきみのママかい？」

「うん。ママはテキサスにいるの」

「ママはドアのすぐ外にいるんだよ。それで、きみの顔を見たがっている」

「ママはぼくが見られないんだよ。ママの目は見えないの」

ジェンナはそのことを子どもに隠したことはなかった。しかし、息子がひどく大人びた確信をこめた口調でそう言うのを聞くと、怖いような思いに打たれた。

「だけど、きみはママを見られるし、ママは本当にきみに会いたがっているんだよ。ママを連れてきてもらいたいかい？」

「オーケー」

ジェンナは近づいてくる足音を耳にし、ローガンの手が腕に触れるのを感じた。「あの子はベッドに座っている。ベッドは中に入って正面の奥の壁沿いだ。左手に椅子がある。明かりはベッドと椅子の間のナイトテーブルにおいてある。天井の明かりはぼくが消したから、きみはサングラスをはずしてだいじょうぶだよ」

ローガンは驚くほど何もかも考えている。「それはありがたいわ」

「しばらくの間、きみをあの子とふたりだけにしておくからね」

ジェンナは爪先立ちして、ローガンの唇に軽くキスをした。「本当に恩に着るわ、ローガン」

「そんな必要はない。要するに、友だちとはこういうときのためにいるんじゃないか」

ローガンの声に誇らしさを感じて、ジェンナはにっこりした。自分が友だちの関係以上のものを求める気持ちに危険なほど近づいているのを悟りながらも。

「あなたはここにいる?」

「あとで戻ってくる。だけど、まず、ジンジャーがコーヒーをいれてくれるかどうか見てこよう。夜道の長いドライブが待っているから」

ジェンナは、今夜、どこか泊まる場所を見つけて、あしたも子どもに会いに来られるかもしれないと考えていた。でも、そこまで頼むのは要求しすぎだ。すでにローガンは自分の気ままな願いに応じるために仕事の時間をたっぷりさいてくれているのだから。「じゃあ、すぐにね」

「ぼくは待っているよ。ゆっくりしてくれ」

ローガンが階段を駆けおりていくのが聞こえると、ジェンナはサングラスをはずしてポケットに入れ、髪をなでつけて、気力をふるいたたせるために息を吸った。杖を手にして、勇気が戻ってくるのとともに、部屋の中に踏みこんだ。

「わたしの大きなぼうやは元気？」

「ママ？」

「そうよ、ダーリン。ママよ」ジェンナは椅子を探りあて、端に腰を下ろした。「今晩あなたに会うために遠い遠いところから来たのよ」

「テキサス？」

アーカンソーを通って来たのだと説明する必要は感じなかった。「そうよ。パパが教えてくれたわ。あなたは今年、五センチも大きくなったって」

「うん。ぼく、こんなに大きい」

ベッドがきしみ、ジェンナの目に、ぼんやりした子どもの姿が遠くないところに見えた。

「抱きしめてもいい？」イエスと言いますようにと祈り、ノーと言われるのに身構えた。

ジェンナの祈りは、ジョンが膝にはいあがってきたことで報われた。小さな腕が自分の体に絡みついたとき、ジェンナはこのままずっと子どもを放したくないと思った。それでも、しばらくして手を緩めたが、うれしいと同時に驚いたことには、ジェンナが手を放したあとも、ジョンはすがり続けていた。

ジェンナは息子の髪を指先でそっとなでた。「お休みは楽しかった？」

子どもは背筋を伸ばして手を叩《たた》いた。「楽しかった！」

「じゃあ、そのお話をして」

息子が船旅の話を息もつがずにする間、ジェンナは熱心に耳をかたむけた——船にいた漫画のキャラクター、広い海や浜辺。子どもらしいよろこびを通して、ジェンナは、眺めがどんなにすばらしかったか、息子がどんなにのびのびした気分を味わったか思い描けた。

こまごまと語る熱っぽい話がとぎれた後、ジョンは頭をジェンナの肩に寄せ、あくびをした。すっかり静かになったので、子どもは自分の腕の中で眠りこんだのだとジェンナは思った。それほど遠くない過去の夜に何度もそうしていたように。

「ママ？」

眠ったと思ったのは、どうやら間違いのようだった。「なあに、ダーリン？」

「テキサスにはぼくのベッドがあるの？」

「テキサスにはすてきなベッドがあるわよ。アヴェリーおじいちゃんの家の、おもちゃがいっぱいあるお部屋に。おじいちゃんを覚えている？」

「いや」

カウボーイのような口調だった。息子がどんなに多くのことを忘れてしまったかを強く悲しむ気持ちがなければ、ジェンナは笑うところだった。「とにかくね、プールがある大きなお家《うち》なのよ。そして、いつかもうじき、あなたはまた、おじいちゃんやママと一緒に暮らせるようになるの」

「いつ?」

「ママが目を治してもらってからね」

子どもはジェンナのまぶたの下の筋を手でたどった。「ママは新しい目をもらうの?」

今度はジェンナは笑った。「だめなところだけもらうのよ」

子どもはしばらくそのことばを噛《か》みしめてから言った。「パパが言ったの。ぼくはもうテキサスで暮らさないって。ぼくはここで学校に行って、ジンジャー・ママがぼくに赤ちゃんの弟をくれるの。だけど、ママは、ぼくやぼくの赤ちゃんに会いに来られるって」

デイヴィッドはわたしを訪問客の立場におとしめている。電話で聞く幻の声に、かつてはジョン・デイヴィッドの人生にいたけれど、もういなくなった人間に。現実的な意味では存在しない。それに対しては、いずれ、わたしにも言うことがある。でも、今はやめよう。この特別なひとときを楽しむために限られた時間しかない今は。

ジェンナはのどのこわばりをのみくだし、子どもを抱きしめた。「ママがおやすみのお話をするのはどう?」

「いいよ。そしたら、ぼく、眠るね」

「そうしたら、あなたは眠れるわよ」ジェンナは悲しみを抑えつけ、腕の中の息子の感触に気持ちを集中した――とてもやわらかくて、温かくて、快い。しばらくは、デイヴィッドとジンジャーが、彼女が与えられないものを息子に与えられることを忘れよう――ふた親がそろった家庭や、大きな船の旅や、赤ちゃんの弟を。

子どものお気に入りの、木の精や空想の生き物のお話をする気持ちを整えるとともに、ジェンナは意識的に努力してこの瞬間を記憶にとどめ、息子がもっと幼かったころの数々の思い出とともに胸に収めようとした。心の奥底で、これが子どもを抱く最後の機会になるのではないかと恐れていたからだ。


「わたしの娘はどこにいるんだ、オブライエン？」

ありがたいことに、その電話がかかってきたとき、ローガンは居間の外のポーチに出ていた。「ぼくと一緒にいて、元気にしていますよ」

「じゃあ、娘はどうして携帯電話に出ようとしないんだ？」

考えてみると、ローガンはジェンナの携帯電話を見たことがない。「電池が切れたのかもしれませんね」あるいは、ジェンナが父親を避けているのかもしれない。

「ヒューストンに着くまでにあとどれくらいかかるんだ？」

「テネシー州にいますから、まだ数時間かかります」怒りの小さな爆発に備えて、ローガンは耳から電話を少し離した。

「いったい、きみはテネシーで何をやっているんだ？」

いっそ、大爆発させてやろう。「ぼくは、あなたがずっと前にするべきだったことをしているんです。ジェンナをあなたの孫に会わせています」

「それで、わたしがきみの計画変更を知らされなかったのはどういうわけだ？」

「今、知らせているところです。ぼくたちはあしたの午前中には帰ると思います。ただし、ぼくが渋滞につかまった場合のために、あなたはぼくとのミーティングの予定を変えたいかもしれませんね」

「ミーティングは取り消す、オブライエン。それに、取引もだ」

ローガンにとってあまり驚くことではなかった。テキサスに帰るとちゅうに寄り道をすると決めたとき、自分が何を危険にさらしているのかすでにわかっていた。「かまいませんよ、あなたの金銭的な支援よりもジェンナのほうが大切です」

「具体的に言って、ジェンナはきみにとってどれほど大切なんだ？」アヴェリーは疑わしげにきいた。

「彼女はぼくの友だちです。それがすべてです」そのことばはローガンにはまやかしに響いた。ある部分では正確でなかったからだ。「もう、切らなくてはなりません、出発しますから」

「きみが夜通し運転するのは気に入らないね」

「前の晩も夜通し事故なく運転しましたよ」あるいは、ホテルに部屋を取ることもできる。それはつまり、もう少しよけいに楽しむために仕事を棚上げし、たぶんその間に取引をもっと失うということだろう。

「ローガン、わたしは娘にできるだけ早く帰ってもらいたい。それに、娘の安全の責任はきみにあると考えている」

「ヒューストンに入ったら、ジェンナがあなたに電話をかけるようにします」

アヴェリーの文句にそれ以上我慢させられないうちに、ローガンは電話を切り、ベルトにつけたホルダーに押しこんだ。十時間のドライブは楽ではないだろうが、ジンジャーが今いれているコーヒーを二、三杯飲めば、しゃんとするはずだ。しかし、ジェンナを子どもから引き裂くことは気がすすまない。

ふいにポーチに現れたデイヴィッドと正面から向かい合うのも、ローガンには気がすすまないことだった。デイヴィッドは両手をポケットに突っこみ、肩で柱に寄りかかって、くたばれと言わんばかりの表情を浮かべていた。「教えてもらいたいね、オブライエン。きみとジェンナはいつからこういうことになっているんだ?」

その口ぶりは、いささか興味がありすぎのようにローガンには聞こえた。「ジェンナは友だちだ」

「きみたちは一緒に寝ているのか?」

「それはまったくきみの知ったことではない」

「ぼくの考えたことだ」

　ローガンは、この汚らわしい男の顔からにやにや笑いを拭《ふ》き落としたい誘惑にかられた。

「勝手に考えてくれ。きみの意見はぼくにとってもジェンナにとってもどうでもいい」

「ぼくは、きみがジェンナに向ける目つきをもう見ている。ぼくにはわかるんだ。ぼく自身も彼女をそういう目つきで見ていたから。ジェンナはきみを夢中にさせるタイプの女性だ。きみは彼女を守りたいと思うが、彼女はそうさせない。さらに、きみが近づきすぎたら、ジェンナはきみを押しのける――彼女が反射的に、きみが彼女の人生を操作しようとしていると思いこむからだ」

「それはまさしくきみがしたことだと思うね、デイヴ。ジェンナの人生を操り、すり減らした」

「デイヴィッドだ。デイヴじゃない。それに、ジェンナがきみにそんなことを言ったのか？」

「彼女から聞く必要なんかない、デイヴ。今夜ぼくはそのことを示すすばらしい見本のような場面を見た。きみはコントロール・マニアで、ジェンナがきみなしで生き抜いていけるという事実がたまらなくいやなんだ。実のところ、ぼくの推測では、きみはいまだに彼女を愛している」

　デイヴィッドの顔が石のように冷ややかになった。「きみは間違っている。ジンジャーに出会ったとたんに、ぼくはジェンナを乗り越えた。それに、覚えておくんだな――もし、今、きみがジェンナを愛していないとしても、すべてが終わる前に愛するようになる」

ローガンはその憶測に答える理由があるとは思わなかった。いささか困らされたとしても。「コーヒーを飲んだら、ぼくたちはさっさとここから出ていく。きみに会えてうれしかったと言いたいところだが、言えばひどいうそをつくことになるだろうな」

ローガンがドアを通り抜けないうちにデイヴィッドが言った。「きみがジェンナの友だちであることを願うよ。二、三週間のうちに彼女には友だちが必要になるだろうから」

ローガンはふり向いて、デイヴィッドをにらんだ。「どういう意味だ?」

「きみに前もって知らせているんだ。ぼくはジョン・デイヴィッドの全面的な親権を請求するつもりだとね。いつになったら角膜移植を受けられるのかジェンナには知るすべがないし、ぼくたちの息子は安定した環境にいる必要がある」

ローガンは体の脇《わき》で両手のこぶしを握りしめ、これ以上、事態が横道にそれる前に、すぐにもここを出ていかなくてはと気づいた。「ジェンナはジョン・デイヴィッドと一緒にいる必要がある。きみがその立場を彼女から奪うようなまねは、ぼくが絶対にさせない」

ローガンがドアを通りすぎる前に、ふたたびデイヴィッドは呼び止めた。「ローガン、きみはひとつの点で正しい。ぼくは、かつてはたしかにジェンナを愛していたし、ぼくの一部は、これからもずっと愛するだろう。彼女がぼくにジョンを与えてくれたからだ。それに、ぼくは、きみがおそらく考えているほど理不尽な人間ではない。ジェンナを傷つけるためにこんなことをするのではない。ただ、息子にとっていちばんいいことを望んでいるんだ」

リードストーンがそう認めたことは、ローガンの胸に燃えさかる火に油を注ぐばかりだった。「もし、きみがいくらかでもジェンナのことを気にかけているのなら、彼女から子どもを遠ざけることなど考えもしないはずだ」

ローガンは答えを待たずに荒々しい足取りで家の中に入り、すさまじい勢いで階段を上った。ジョンの寝室の前で足を止め、怒りを抑えつけてからドアを開けた。

目の前に繰り広げられている光景は、ジェンナを気づかうローガンの気持ちをますます強固なものにするだけだった。眠りに落ちたジョン・デイヴィッドを腕に抱き、目を閉じているジェンナはおだやかな表情を浮かべていた――この先にどんなことがあるのか、まだ何も知らないで。しかも、最悪な点は、もし、デイヴィッド・リードストーンが自分の考えを押し通せば、ジェンナが親権争いに勝つまで――あるいは、負けるまで――これが息子を抱く最後の機会になるかもしれないということを、彼女自身、まったくわかっていないことだ。

少し前にローガンはデイヴィッドに、ジェンナから親権を奪わせるようなまねはさせないと言った。しかし、何を言ったにしても、これはローガンの闘いではないし、それについてできることは何ひとつない。ジェンナ自身が彼を闘いに招き入れてくれないかぎりは。

11

ジェンナは道中ほとんど眠ったり起きたりし、目が覚めているときも、いつになく無口だった。しかし、無口というならローガンも同じだった。

この十時間ずっとローガンの頭の中は、胸に封じこめていることと、それをジェンナに打ち明けようかどうしようかという迷いとで渦を巻いていた。ジェンナがリードストーンの計画にまだまったく気づいていないのはたしかだと感じる。向こうを発《た》ったとき、取ってつけたような別れの挨拶《あいさつ》のほかにはなんの話もなかった。今、その悲しい知らせをジェンナに告げる重荷はローガンの肩にかかっていた。ローガン以上にひどい裏切りをよく知っている人間はいない。

ヒューストンの市内に入ると、月曜の朝の、走っては止まりという渋滞が始まった。そのためにローガンは、ジェンナをアヴェリーの屋敷で降ろし、知らせたくないことを知らせるきっかけをつかむまでに少し時間を稼げた。しかし、いやでも、ジェンナには本当のことを知る権利がある。

ローガンはちらりとジェンナを見やった。彼女は朝日を防ぐためにサングラスをかけていた。それでも、シートの仕切りを爪でこつこつ叩《たた》いているしぐさで目を覚ましているのだとわかった。

ローガンは手をのばしてジェンナの手をつかんだ。彼女の動作を止めようとしただけでなく、いくらかでも支えになろうとしたからだった。「きみの前の夫はばかな男だな」

ジェンナは笑った。「たいていの場合、あれほどひどくはないのよ。実は、前はとても人当たりがよかったの。どうしてゆうべみたいな態度をとったのか、よくわからないわ」

「彼は気がとがめているんだよ」

「どうしてそう思うの?」

まったくもう、ジェンナをこんな目に遭わせるのはいやでたまらない。だが、ほかに道はない。「あの男はジョン・デイヴィッドの全面的な親権を請求するつもりだとぼくに話したんだ」ローガンは、当然ジェンナが怒ると予想していた。涙さえ見せるのではないかと思ったが、彼女はただ、フロントガラスを見つめ続けているだけだった。

「ぼくの言ったことが聞こえたかい?」

「わたしの耳はちゃんとしているわよ。ただ、驚いてはいないわ。ジョンが、基本的には同じことをわたしに言ったから」

ジェンナが道中ひどくむっつりしていたのには、なんのふしぎもなかった。「あの子が親権問題のことを話したというのか？」

ジェンナは暗い笑い声をあげた。「あの子は利口だし、三歳半にしてはとてもはっきり話せるわ。だけど、親権がどうとか言えるほどじゃないわよ。デイヴィッドがあの子に言って聞かせたのよ――今はあの子はテキサスではなく、テネシーで暮らしているんだって。そして、わたしは訪ねていけるということもね。それに、あの子は長々と、わたしとは暮らしたくないとも話したわ」

リードストーンはくたばるがいい。「それで、きみは困らないのか？」

「もちろん、困るわよ。胸が張り裂ける思いだったわ。だけど、デイヴィッドが正しいのかもしれないわよね」

ローガンはジェンナの口調に敗北感がこもるとは予期していなかった。そして、それを聞き取るのは、胸がむかつくほどいやだった。「あの男は間違っているよ。ジョンはきみのものだ」

「自信がないわ。目が見えないことと子どもを持つことは、恐ろしい組み合わせよ。たぶん、それが、わたしの生みの母親がわたしを養子縁組に出した理由なのよ」

「お母さんが目が見えなかったとは、きみは知らないじゃないか」

「そうね、たしかには知らないわ。だけど、母は目が見えなかったと直感が告げているの。それに、母は、わたしにとっていちばんいいと考えたことにもとづいて道を選んだんだと」

「ジェンナ、ぼくはきみにあきらめさせないよ」

ジェンナは手で髪を後ろに払った。「それはあなたが決めることではないわ。それに、正直に言って、そんな話をするにはわたしは疲れすぎているの」

今はそっとしておこう、とローガンは判断した。「十五分で家に着くよ。そうしたら、きみは一日じゅう眠れる」

「わたしはむしろ、あなたの家に行きたいわ」

それは大問題になるとローガンにはあらかじめわかっていた。「お父さんは、もうすでにすごくいらいらしている。もし、きみが――」

「わたしから父に電話するわ。あなた自身が、わたしがあなたの家に行くのがいやでなければ」

いやだと言ったら、ジェンナに対しても自分自身に対してもうそをつくことになる。

「コンドミニアムだけどね。一戸建ての家じゃなくて」

ジェンナは足元のバッグの中を探って携帯電話を取りだし、一言〝家〟と言った。

「もしもし、パパ。ヒューストンに入ったけれど、わたし、しばらく家には帰らないわ。ローガンの家で彼に朝食を作るの。そちらに行くときには知らせるわ。じゃあ」ジェンナは電話を切り、バッグに戻した。

「きみはお父さんが何か言うチャンスをまったくあげなかったようだね」

ジェンナは肩をすぼめた。「そうよ。それに、わたしはトーストを必ず黒こげにしてしまうから、朝食を作るなんていう話を父が信じるとは、とうてい思えないわ。だけど、本当のことは言えなかったんですもの」

「本当のことってなんだ、ジェンナ？」

ジェンナは身を乗りだして、ローガンの腿に手をおいた。「本当はね、わたしは自分のベッドに入りたくないの。あなたのベッドにいたいの。帰る時間になるまでは」

ローガンは、ジェンナがその日のうちにもふたりのかかわりを終わりにしようとしているのではないかという感じに襲われた。彼自身は今後の可能性をいろいろ考えていたちょうどそのときに。終わりにさせないためには懸命に努力しなくてはならないだろうし、そのための方法はいくつかある。これからの数時間でそれをすべて試みるつもりだ。

それから数分でガレージに入ったとき、ローガンはキャンプ用具のほとんどを車においたままにした。ジェンナは小さいほうのバッグを肩にかけ、杖《つえ》は持たなかった。

ふたりはほかの何人かの人々と一緒にエレベーターに乗りこみ、黙って並んで立っていた。四階で最後まで乗っていたカップルが出ていき、扉が閉まると同時に、ローガンはもう我慢できなくなった。九階に着くまでジェンナにキスをし続け、コンドミニアムのロックをはずしてドアを開ける間だけ唇を離した。そして、中に入ると、さらにキスをした。

時間の節約のためにローガンはジェンナを腕に抱きあげて階段を上った。いつも一段おきに上るのが当たり前になっている階段だ。

ジェンナと出会って以来、ローガンは、彼女が日常的に向かい合っている、むずかしい問題のすべてにしだいに気がつくようになり、そのためにますます彼女に感心するようになっていた。

寝室に入ってジェンナを下ろすと、彼女のセクシーなほほえみにも感心して見とれた。

「シャワーはどこ？」ジェンナがきいた。

「きみの真後ろだ」ローガンはジェンナの髪を後ろに払って首にキスをした。「今度は一緒に入ろう」

「もちろん」

ローガンがジェンナを支えてバスルームに入ると、ふたりは、まるで速さを競うような勢いで服を脱いだ。意外にも、ジェンナが勝ち、ローガンはなくなりそうな自制心にすがってなんとか耐えた。

疲れきっていることを考えに入れても、今の自分ならセラミック・タイルの床にうつぶせになり、腕立て伏せを百回でもできると本気で思った。あるいは、この場で今すぐジェンナを抱くこともできる。こんな気持ちはすべてアドレナリンのせいだ。ジェンナのせいだ。

残っている気力をあつめて、ローガンはジェンナをシャワーに導き、そこを短い前戯の場にした。自分のエンジンを全開にする前に、ふたりでお湯を浴びながらジェンナの気を引くだけのことだ。

ところが、ジェンナはそれを楽にはさせず、両手を使ってとても独創的にふるまった。楽でないどころか、とても大変なことになった。そのあと、ローガンがそのお返しをして、あげくにジェンナに背中に爪を立てられた。

「寝室に行こう」手に負えない状態になる前にローガンは言った。

「いい考えだわ」ジェンナはローガンの素肌のお尻をすばやく軽くつねった。

ふたりはろくに体を拭《ぬぐ》わず、服を着る手間もはぶき、カバーもはずさずにベッドの上に倒れこんだ。正面から顔を見つめ合いながら、ふたりはなんのことばも交わさなかった。話すのが大変だったわけではない。週末の間ずっと、楽しい話をたっぷりした。ローガンにはジェンナに言うことがたくさんあった。ただ、今すぐにではなく。

ことばは無用だった。ジェンナに触れたときの彼女のため息を聞きたかった。首から胸、おなかへとキスを並べたときの速い息づかいを聞きたかった。

ローガンは口を使ってジェンナをぎりぎりの瀬戸際に連れていき、そこで動きを止めて、彼女がもう我慢できないとわかるまで間をおいた。まさに彼が望む状態にきっちりとジェンナを導いた――完全に彼が主導権を握り、彼女が長く忘れないような状況に。あるいは、そのつもりでいた。ジェンナにあおむけにされて、彼女のほうから誘いかけられるまでは。

自分がジェンナにしたことを彼女にし返されて、ローガンは歯を噛《か》みしめ、鋭く息をついた。ジェンナはなんのためらいも見せず、ローガンの肌を激しいキスですきまなく覆った。体じゅうに触れられたころには、ローガンは白旗を振りたい気分になっていた。

彼は寝返りを打ってジェンナから離れ、ナイトテーブルからコンドームを取った。パッケージを引き裂いて開けると、ジェンナが手を差しだして言った。「わたしにさせて」

そう、その場を支配しているのは間違いなくジェンナだった。ジェンナがローガンの上に乗り、彼を自分の中に迎え入れるとともに、それはいっそう明らかになった。

ジェンナが動きはじめた。必死な雰囲気があるのをローガンは感じた。しかし、ローガン自身も少しやっきになっていた。ジェンナがこれまでの女性にはまったくなかった意味で自分の心を動かすのがなぜなのか、それが知りたくて必死だった。

しかし、今、そんなことをじっくり考えてはいられなかった。ジェンナが自分の上にいること以外、何も考えることはできなかった。ジェンナの髪が湿った筋になって顔のまわりにまつわりつき、唇が少し開き、目を固く閉じていることのほかは。

ジェンナはヒップを上下に動かしてローガンをぎりぎりのところまで駆りたてた。ジェンナのほほえみは、自分が何をしているのか、ローガンと自分自身をどこに連れていくつもりなのか、ちゃんと心得ていることを語っていた。彼女のためらいのない動きや、決然とした態度、間をおいては繰り返すキスの力は、たちまちふたりを目的の地への流れに投げこんだ。ジェンナのクライマックスの興奮がローガンにも興奮をもたらした。その激しさはローガンを引き裂き、まともな考えを頭からひとつ残らず追い払った。

ジェンナが固く寄り添うと、ローガンはジェンナの体に腕を絡めた。抱き続けている間、この一年の自分のふるまいに対する後ろめたさを振り払えなかった。愛人については、だれでもかまわずというわけではなかったが、自分自身がろくでもない男であり、セックスを娯楽にしている弟よりましな人間とはとうてい言えない。さらに、ベッドに入れた六、七人の女性の中で、去っていくのを残念だと感じた相手は、ただのひとりもいなかった。

しかし、その日のローガンは、体を丸めて寄り添うジェンナとともに眠りにただよっていきながら、彼女は絶対に去らせたくないと思っていた。

耳ざわりなブザーの音が聞こえて、ジェンナははっとして目を覚ました。ローガンの腕を揺すり、ささやき声で名前を呼んだが、反応がない。それほど意外には思わなかった。ローガンは一晩じゅう車を走らせて、とうとう疲労に負けたのだ。ふたりが愛し合ったこともさらに彼を疲れさせた。それでもジェンナは、自分の思いが通るものなら、ローガンにもう一度抱いてと頼もうと思った。永遠に去っていく前にせめてもう一度。

ふたたびブザーが鳴り、ジェンナはベッドを出て、寝室の外のホールから聞こえる音の方向をたどった。壁を手探りして進み、インターフォンを見つけた。ボタンを押して答えた。「はい？」

「ミス・フォーダイスですか？」

ジェンナが自分の名前を言われて驚いたのに劣らず、その男も驚いているように聞こえた。

「そうです」

「あの、下にカルヴィンという男が来ています。あなたを家に連れて帰ることになっていると言っていますが」

父がカルヴィンを呼んだのは明らかだった。「五分ぐらいで行くと言ってください」

むしろ、それは好都合だった。ローガンとのこのささやかなパラダイスは終わりに近づいている。終わるほかはないのだ。自分の人生にはあまりにも多くの問題があって、ローガンが必要とする女性になれるという自信は持てない――たとえ、自分をだまして、そうなれると思いこむように努めても。ローガンには完璧《かんぺき》な女性がふさわしい、身体的にも感情的にも。

バッグを探りあて、最後の清潔な衣服を身につけた後、暗い気分に布のように全身を包みこまれた。今夜はふたたびひとりでベッドに入り、あしたはひとりで目覚めるのだ。

でも、心に重くのしかかっている決断は、自分ひとりで下さなくてはならないものだ。

一生でいちばんむずかしいと思われる決断――子どもの親権を放棄するということだ。

もう一度ローガンを起こそうとしたが、やはり反応はなく、ジェンナは寝室を出て慎重に階段を下りた。来たことのある場所や階段のようすを頭に描くという身につけた能力を頼りにして、出入り口を見つけた。エレベーターを待つ間に、なんの説明もなくローガンを残してきたなんてと自分をとがめた。しかし、手紙を書き残すのはとうていむりだった。最近のジェンナの手書きの文字はほとんど読めないものになっている。それに、ローガンのことだから――彼のことは思ったよりはるかによくわかるようになった――きっとあとで電話をかけてきて、説明を求めるだろう。しかし、ローガンに対する気持ちを説明できるかどうか、ジェンナに自信はなかった。混乱しているということ以外、自分でも自分の気持ちがわからないのだから。ローガンと過ごした短い間ほど、幸せだったことはないという点ははっきりわかっている。あれほど解放された気分を味わったことも、あれほど恋に落ちる寸前まで近づいたこともない。

「きみは、さよならを言わないで出ていくつもりだったのか？」

ローガンの声でジェンナはふり向いた。体に磁力をかけられたようだった。「あなたを起こしたくなかったの」さよならを言いたくない気持ちもあった。「父がカルヴィンを迎えに来させたの。下で待っているわ」

「ぼくがオフィスに行くとちゅう、きみを家まで車に乗せていけるよ」

ジェンナは首を振った。「そんな必要はないわ」

「そうか。あとで電話する」

「それも必要ないわ」

「わかっている。でも、ぼくは、かけたいんだ」

ローガンにウエストを抱かれたとき、ジェンナは触らないでと言いたかった。抱かれていると、するべきことがいつまでもできなくなってしまいそうだ。そう思っても、自分を強いてローガンから離すこともできなかった。

「あしたの晩、ふたりで食事に行ってもいい。野球の試合に連れていくこともできる。ぼくはいいシートを持っているんだ。きみのためにおみやげにフライのボールを捕ってあげるよ」

ローガンは、まったくわかっていない。それはあまりにも明らかだった。「わたしには、フライがわたしのほうに飛んでくるのが見えないわ、ローガン。選手の動きさえ見えないのよ」

「ぼくがいちいち説明するよ」

ジェンナは気力をかきあつめて、ローガンの手を振り切った。「わたしたちはすばらしい何日かを過ごしたわ。でも、今は現実の世界に戻っているのよ。そして、わたしの現実はそんなにすてきなものじゃないの」

「いったいきみは何を言っているんだ?」

「あなたの言ったことは完璧に正しかったわ。抱き合うことはすべてをややこしくするのよ。わたしたちは今、終わりにするほうがいいわ。どちらかがあまりにも心を引かれるようにならないうちに」

「もうとんでもなく遅すぎるよ。きみはすでにぼくの心を引いている。きみがよくてもいやでも」

早くエレベーターが着きますようにとジェンナは祈った。完全に取り乱してしまわないうちに来ますように。「わたしはめちゃめちゃなのよ、ローガン。わたしの人生がめちゃめちゃなの。子どもを失うかもしれない。二度と視力が戻らないかもしれない」

「きみはそんなことをひとりで切り抜ける必要はない。ぼくはよろこんできみの支えになる」

きのう、ローガンはそのことを身をもって示してくれた。でも、やはり……。「わたしの問題なのよ、ローガン。あなたが苦労する必要はないわ」

「ぼくに何が必要か教えようなんて思わないでくれ。ぼくはこれからきみにあることを教える。きみはじっくり聞かなくてはいけない」ローガンの口調には怒りが表れていたが、ジェンナの顔に触れるやさしい手つきはそれと対照的だった。「ヘレナと別れたあと、ぼくは一年間、次々と女性の間を渡り歩くことで耐えていけると自分を説き伏せようとした。

しかし、そんなやり方は孤独をいやすにはなんの役にも立たなかった。実際、かえってひどくなった。そのうち、ぼくは、セクシーで頑固で石頭の、この美しい女性と出会って、もう、ひとりぼっちだと感じなくなった」

　ジェンナは目を閉じて、意志の力で涙を追い払おうとした。少なくともとりあえずは。

「お願いだからやめて。あなたは、今の状況をますますむずかしくしているだけなのよ」

「今度のこと全体がむずかしいんだよ、ジェンナ。ぼくは、こんなふうになるように計画したわけじゃない。しかし、きみがそのつもりだったかどうかはともかく、きみは本当に久しぶりにぼくが何かを感じるようにさせた。ぼくはそれをだいなしにしたくないんだ」

　エレベーターのチャイムが鳴り、ジェンナが必死で求めていた逃げ道ができた。「ごめんなさい」一歩さがりながら言った。「わたしにはそんなことはできない。ほかに何を言ったらいいのかもわからないわ」

「もう何も言わなくていい。たった今、わかったよ。ぼくたちはすばらしい時を過ごした。すてきな気ばらしだった。それだけのことだったんだな。少なくともきみにとっては」

　どんなにひどい間違いをしているか、ローガンがわかってくれさえしたら。「ただの気ばらしじゃなかったわ。あれは――」

「ぼくの気分をよくするために何かでっちあげようとしないでくれ。どうせぼくはひどい気分になるにきまっているから。いい人生を祈るよ、お姫さま。それに、幸運を」

ローガンがまだそこにいるのか去ったのかわからないまま、ジェンナはエレベーターに乗った。涙で目がひどくかすみ、ごくはっきりした動きも黒々とした人影も見分けられなかった。ボタンの列を手探りし、点字を頼りにして、ロビーを示すボタンを見つけた。

これまでジェンナは、できるかぎり自分で生きていくことを身につけてきた。目に見える世界にいる目の見えない女性として、それなりの正常なふるまいを保つために懸命に努力してきた。それでも、考えずにいられなかった——ローガンから離れてしまうなんて、わたしにはこの数年で自分の身に起きた最高のできごとかもしれないことを見る目がないのではないかしらと。

ローガンは母が庭の手入れをしているのを見つけた。そうではないかと察していた。リユーシーン・カバキアン・オブライエンは、四月から八月の終わりまで毎朝、家族に示すのと変わりない責任感をもって植物の世話をして過ごす。

ごく若いころからオブライエン家の男の子たちはセックスについては父親のアドバイスを求め、心の問題については母親に相談した。今、ローガンは大人になってからのどんなときよりも強く母の助言を求めていた。

母はローガンにずっと背を向けていて、息子が庭に入ってきたのにまったく気づいていなかった。ローガンが近づいて体をかがめ、ほおにキスをすると、さっとふり向き、あえぐような声をあげた。

「まあ、ローガンなの。だめじゃないの、剪定《せんてい》ばさみを持っている女性を驚かせるなんて。父親になる望みを完全になくすには、けっこうな方法だけど」

ローガンは両手をポケットに入れ、おずおずとした笑みを見せた。「ごめん、母さん。怖がらせるつもりじゃなかった」

「許してあげるわ」母は、かたわらのカートにはさみをおき、園芸用の手袋をはずした。「お父さんはいつも忍び足で近づいてくるのよ。てっきりお父さんだと思ったわ」

「父さんは、朝刊を読んでいると母さんに伝えてくれってさ」

母は疑わしげな目つきで息子を見た。「デッキチェアで朝の一眠りをしているのね」

ローガンは大きくにっこりした。「うん、そのとおりだ。ぼくが居間を出る前に、ターボエンジン並みのいびきをかきはじめていたよ」

「いつものことだわ」母は中庭のほうに向かって手袋を振った。「お父さんが忙しい間、楽しいおしゃべりをしましょうよ。ふたりだけでね」

母は息子と腕を組んで歩いた。じきに小さなテーブルをはさんで、向かい合わせの椅子に座ると、ローガンは身を乗りだして、金属のテーブルの上で手を組み合わせた。「最近二回、日曜のランチに来なくて悪かったと言いたかったんだ。それに、電話もかけなくてさ」

母は心配そうにしげしげと息子を見た。「それだけじゃないわね、ローガン。何かすごく困ったことがあるのね」

息子の胸の内を読む母の能力にローガンは驚かなかった。記憶にあるかぎりずっと、母にはその力がある。「今、とてもつらい目に遭っているんだ」ジェンナにさよならを言って以来、予想した以上に厳しい事態になっていた。いかにも恋わずらいのまぬけな男という印象を振りまいていたが、どうしてそうなったのかわからない。プライドが傷ついたにすぎないのかもしれない。要するに、いつもは自分が女性に別れを告げる側だったのだ。その逆ではなくて。

「最後にあなたが、朝のうちからやってきてわたしを驚かせたときのことをはっきり覚えているわ」ローガンの物思いを破って母が口を開いた。「ヘレナと結婚しようと考えている。どうプロポーズしたらいいか教えてほしいってあなたは言ったのよ」

それはローガンとしてはむしろ避けたい話題だった。「で、結果は大きな間違いになったわけだ」

ルーシーは息子の腕に手をおいて注意を引いた。「今日、顔を出したのは、ほかの女の人と関係があるんじゃないの？　もしかして、二週間前にわたしたちも会って大好きになった、きれいで気取らない、あの若い人かしら？」

予想どおり、ジェンナはオブライエン家の人たちから太鼓判を押されていた。「うん、そうなんだ」

ローガンは、キャンプ旅行とテネシー州に行ったことをざっと話し、最後に、ジェンナが親権争いについてだれの助けも要らないと言い張ったことを語った。「とにかく、それ以来、彼女と話していないんだ」

「あなたときたら、電話をかけようともしていないのね?」母は唖然《あぜん》とした声を出し、同時に少しがっかりしたようでもあった。

本当のところ、ローガンは、二週間近くほとんど毎日、ときには一日に二度も三度も電話を取りあげている。そして、毎回、先方のベルが鳴りだす前に切っているのだ。「むり強いしたくないんだ」

「ローガン、むり強いすることと、あなたが心にかけていると彼女に知らせることとは違うのよ。それに、あなたは、自分ですすんで認める以上に、はるかに強くジェンナのことを思っているんじゃないかと感じるけど」

母はまさに図星を指した。ローガンはすばやく母を見やってからテーブルに目を伏せた。そんなふるまいは、十四、五歳のころ、校長の家の前庭の芝生をトイレット・ペーパーで覆い、罰を待っていたとき以来したことがない。「母さんはいつ、自分が父さんと人生を過ごしたいと思っているってわかったんだ?」

「あなたったら、ジョージ・ワシントンがまだ半ズボンをはいていたころのことを思いだすように、わたしに頼むつもり？」

ローガンは、父の気に入りのその言いまわしを母が使ったのを聞いて笑った。「母さんが忘れるはずがないことだと思うけどね」

母はにっこりした。「そうね、忘れたことはないわ。わたしは学校ではとても内気な子で、男の子はひとりも知らなかったの。そのうち、まったく突然にお父さんに上級生のダンスパーティーに誘われたの。おかしかったのは、お父さんときたら踊り方も知らないのに、踊ろうとし続けたのよ。その晩、わたしは爪先のあちこちを踏まれて痛かったけれど、わたしもお父さんに恋をしたの。わたしを幸せにするためなら、自分が恥ずかしい目に遭う恐れのあることでもすすんでする、タフで大声のアイルランド男だったわ。三カ月後にわたしたちは結婚して、それからまた三カ月後にわたしはデビンを身ごもったの。それ以来ずっと、お父さんはわたしを幸せにしてくれているわ」

それはローガンが一度も聞いたことのない話だったし、ジェンナと出会うまでは、きいてみようと考えたこともなかった。「結婚するまでたったの三カ月だって？」

「そうよ。もし、お父さんに申しこまれたら、わたしはパーティーの次の日にだって結婚したと思うわよ」母の表情がまじめになった。「愛情は、この人を知ってからどれだけたったかなんて、足を止めて考えたりしないものよ、ローガン。愛情がいつまでも湧《わ》かない場合もあるわ。何年もかかるときもある。たちまち恋に落ちるときもあるのよ。わたしとお父さんの場合はそうだったわ。あなたとジェンナに起きたのもそういうことなの？」

ローガンはまだ、その点を頭にまとめるのに苦労していた。「わからないんだよ、母さん」

「教えて。あなたはこのごろ眠れなくなっている？　好きなことをもう楽しいと感じない？　仕事に集中するのがむずかしい？」

小柄な女性なのに、母には体からあふれんばかりの洞察力がある。「全部だ」

「彼女が眠っている間に自分がじっと見ているのに気がついた？」

「ぼくは彼女と寝たと言ったことはないよ」

今度は母が声をあげて笑った。「あのね、わたしの息子たちはみんな、女性のこととなると抑えのきかない情熱を生まれる前から遺伝的に備えているのよ。お父さんのおかげでね」

ローガンはその話には絶対に入りたくなかった。「セックスの問題じゃないんだよ。それ以上のことなんだ」とうとう言ってしまった。だが、彼の世界は崩れ落ちはしなかった。

「それなら、あなたが彼女に恋をしているのは、ほとんどたしかよ」

「ぼくは彼女の友だち以上のものになるつもりはなかったんだ」

ルーシーはローガンの組み合わせた両手をつかんだ。「ジェンナのお友だちにおなりなさい。彼女にもう少し時間をあげるのよ。だけど、長すぎてはだめ。それから、訪ねていって、あなたが助けになりたいと思っている気持ちを彼女にわからせるの。起きるかもしれない最悪のなりゆきは何かしらね？」

その答えはわかっていた。自分の人生から出ていけとジェンナに言われることだ。

しかし、好調なビジネスを築きあげる場合と同じように、手に入れる値打ちのあるものはけっして簡単には得られない。そして、ジェンナにはもう一度、努力するだけの価値がある。

ジェンナにしばらく時間を与えよう。そして、そのあと、これまでどんな女性にも、ヘレナにさえも差しださなかったものを捧《ささ》げよう——自分の心を。

12

「おまえのことが心配なんだ」

　この二週間、ジェンナは、父親がまったく同じ台詞《せりふ》を繰り返すのを、何万回と思えるほど我慢してきた。「わたしはだいじょうぶよ、パパ。心配しなくていいの」

「ジェンナ、だいじょうぶなものか。おまえはほとんど食べていない。何日も外出もしていない」

「木曜日に眼科のお医者さんに行ったわ」

「だが、子どもに話を聞かせに図書館に行くのは休んだじゃないか。わたしは今すぐ知りたい。おまえをこんなに苦しめるなんて、ローガン・オブライエンはいったい何をしたんだ」

　ジェンナは頭を椅子の背に寄せて、うなるように言った。「わたしの今の状態はローガンとはなんの関係もないの」百パーセント本当ではなかった。自分がだれかをこれほど恋しく思うことがありうるなんてまったくわからなかった――つい最近、知り合ったばかりの人を。

「あんな旅行に出かける前はおまえは元気だった。行かなければ――」

「行かなければ、親権関係の書類が急に届けられたときに、わたしはびっくりさせられたでしょうね。テネシーに行ったために、少なくとも心の準備はできたわ」あるいは、完璧《かんぺき》ではなくても、できるかぎりの心構えはしていた。

「しかし、おまえはまだサインをしていない」

ジェンナは親指と人差し指で鼻筋をつまんだ。「ええ、まだよ」子どもを育てる権利をあきらめるのは小さな仕事ではない。息子の幸せを確実にするために自分はすすんでそこまでするという気持ちがたしかなものでなくてはならない。たとえ、現状ではほかの道があるとは思えないとしても。デイヴィッドのほうが息子に与えられるものが多い上に、息子は母親よりデイヴィッドのほうを好いている。

「おまえはいい知らせのほうに気持ちを集中するべきだよ。おまえが移植順位リストのいちばん上に来るのを、おまえもわたしも本当に長い間待ってきたんだから」

それもまた、ジェンナが絶え間なく考え続けている点だった。胸に重くのしかかるもうひとつの決断だ。「わたし、リストからはずしてもらうことを考えているの」

「まさか本気じゃないだろうな」

父の声にこもる驚きの響きは、まったく意外ではなかった。「いいえ、本気よ」

「だが、手術を乗り越えないと、ジョンの親権を持ち続ける可能性はあまりないぞ」

「今はもう、あまり可能性がある感じはしないわ」わずかでも希望が残っているとは思えなかった。「それに、リストのトップにいるからといって、すぐに移植が受けられると保証されたわけじゃないわ。これから何年もかかるかもしれないのよ」

「あしたかもしれない」

「それはわかっているけれど、ありそうな話ではないわね。それに、わたしの目がまた見えるようになるために、ある日、だれかが悲劇的な事故に遭ったり、脳に回復不可能なダメージを受けたりすると考えるのは、気分のいいことじゃないわ」

「おまえのそんな態度は理解できないね、ジェンナ。これまでずっと闘う姿勢だったのに、今になってあきらめようとするなんて」

父がどうしてそんな見方をするのか、ジェンナにはわかる気がした。だが、彼女はあきらめようとしているのではない。ただ、自分の将来に身を委《ゆだ》ねようとしているのだ。目が見えない将来、これ以上子どものできない将来に。それでも、いい人生を送ることはできる。ジョンを年に二回は訪ねられるだろうし、もっと多いかもしれない。でも、そんなことで息子との絆《きずな》を保つことができるだろうか？

「わたし、疲れたわ。部屋に行って、聞きかけのオーディオ・ブックを終わりにしたいの」

「イタリア語のレッスンを続けるのか？」

これ以上イタリア語を勉強する必要も感じなくなっていた。ヨーロッパ旅行などということは、ジョンがまた自分と暮らすようになるのと同じくらい見込みのない気がする。

「犯罪小説よ」

「ジョンに電話するのか？」

ああ、どんなにそうしたいことか。「いいえ、かけないわ。あの子がかけてくるでしょう。もし、わたしと話したければ」

「あの子は三歳半なんだよ、ジェンナ。長距離電話のかけ方は知らないよ」

そんなことはよくよくわかっていた。しかし、これまでいく晩か、ジェンナが電話をかけると、いつも留守番電話が応《こた》えた。すでにデイヴィッドは、ジェンナの人生から事実上、息子を締めだす手を着々と打っているのだ。

怒るにも、事情をもっと打ち明けるにも疲れすぎていて、ジェンナは椅子を押しやり、杖《つえ》を手に立ちあがった。「おやすみなさい、パパ」

「ローガンとキャンプに行くのを許したときに、こんなことが起きるだろうとわたしにはわかっていた。あの男は望むものをおまえから手に入れ、そうなったら、おまえをほうりだすだろうとね。あの男はおまえがどんなに類《たぐい》まれな存在なのかわかっていなくて、おまえをおとしめた。だから、おまえはそんなに落ちこんでいるんだ」

突然、ジェンナはあまりにうんざりして腹を立てることもできなくなった。「パパは自分が何を言っているのかわかっていないのよ。旅の間、ローガンは完璧にすばらしかったわ。わたしをのびのびとさせ、わたしをわたしでいさせてくれた。わたしがどんなにジョンを恋しく思っているかわかって、会いに連れていってくれたのよ。彼は何も間違ったことをしていないわ」

「おまえとのかかわりをすべて断ち切ったことをのぞけばな」

ジェンナは杖を強く握りしめた。「ローガンじゃなくて、わたしが切ったのよ。彼はきちんとした人よ、パパ。すばらしい人だわ。あんな人は、わたしのごたごたした問題だらけの人生に巻きこまれたりするべきじゃないのよ」

父が答えにつまったとき、一瞬、ジェンナは父が部屋からいなくなったのかと思い、そうだといいと願った。ところが、父は言った。「おまえはあの男を愛しているんだ」

不運なことに、それは本当だった。「わたしが彼をどう思っているかは問題じゃないわ。わたしたちの間はもう終わっていて、後戻りはないの」

できることなら、すべてを元に戻してもいい。もし、行く手がどうなるかわかっていたら、そもそもローガンの両親の家のランチに行くのを承知しなかったかもしれない。庭を散歩することも、キャンプ旅行に行くこともなかったかもしれない。

でも、それは違う。ふたりのつきあいが終わったことと関係なく、わたしは、ローガンと過ごした時の一瞬たりとも、なかったことにする気は絶対にない。そして、別れなければどうなっていたかと、これからいつまでも考え続けることだろう。

ローガンは、ジェンナに自分の気持ちを伝えるまでに十分に間をおいた。しかし、そろそろ終わりだ。受話器を取って、数えきれないほど何度もかけた番号を押した。ただし、今日は、自分から切るつもりはない。

「フォーダイスです」

その女性の東欧なまりは、この前、電話したときから聞き覚えていた。「ジェンナと話したい」マナーを大切にという母の教えの効き目が表れて言い足した。「お願いします」

「どちらさまでしょうか?」

ローガンは、名乗らないでおこうかと考え、ついで、ここは正直であるのが最善の策だと決めた。たとえ、そのためにジェンナが自分と話すのを拒む結果になっても。もしも、そうなったら、ジェンナが折れるまで電話をかけ続けようと思った。

「ローガン・オブライエンです」

「少々お待ちください」

永遠かと思われるほど待った後、やっと、だれかが電話に出た。そして、そのだれかはジェンナではなかった。

「オブライエン、娘はきみと話したくないと言っている」

どうやら、アヴェリーも同じらしい。テネシーにいたとき電話で話して以来、彼が連絡してきたことはない。幸い、取引を打ち切ることもしていなかった。とにかく、今のところはまだ。「ジェンナにぼくの電話に出るかどうかきいたんですか？」

「きく必要はない。ジェンナはゆうべわたしに、きみたちの間に何があったにせよ、ふたりの仲は終わったと言った。しかし、きみがそこにいる間に、わたしのほうからきみにきかなくてはならないことがある」

ローガンはそうなるだろうと予期していた。アヴェリーに言いたいことを言わせて切り、あらためてジェンナの携帯電話を試そうと思った。「言ってください」

「いったいきみは、ジェンナが角膜移植を受ける必要はないと思いこむような、どんなことをあの子に言ったんだ？」

そんな話になるとは思いもかけなかった。「なんの話だかぼくにはさっぱりわかりません」

「今日の午後、医師と会うときに、ジェンナは移植希望者のリストから自分をはずすように頼むと言っている。そんな決心は自分とは関係ないなどと言おうとするんじゃないぞ」

「アヴェリー、信じてください。そんなことは、ぼくは絶対に彼女にすすめようとは思いません」

「とにかく、だれかがなんらかの影響をおよぼしたんだ。延々と待ったあげくに、ジェンナが自分ひとりでやめると決めたとはわたしには信じられない」

ローガンも信じられなかった。あるいは、二週間前には信じられなかっただろう。しかし、何がジェンナの気持ちを変えたかについては推測できた。「ジェンナは、前の夫が子どもの全面的な親権を持とうとしている話をしましたか?」

「もちろんだ。二日前に書類が届いた。ジェンナがサインをすれば、決着がつく。サインしなければ、法廷闘争が待っている。そして、もし、ジェンナが視力の矯正をしないと言えば、たぶん、勝てないだろう」

ジェンナの態度が変わったことのもうひとつの鍵《かぎ》は、まだ取りあげられていない。ローガンにとってそれを切りだすのにいいタイミングだった。

「もし、ジェンナの気が変わったことについて一部の責任のある人がいるとすれば、それはあなたですよ、アヴェリー」

「実に厚かましいな、このわたしにそんなことを言うとは」

ジェンナと自分について証明できない非難を浴びせるとは、アヴェリーこそ厚かましい。

「あなたがわざとジェンナが気を変える力になったかどうかはとにかくとして、実際にはそうなったんです――ジェンナに生みの母親のことを話すのを拒んだことによって」

「それがきみとどう関係があるのかわからないね」

ローガンは電話を握る手に力をこめ、声には出さずにののしりのことばをいくつか繰り返した。「ジェンナは思いこんでいるんです。実の母親も同じ病気だったから自分を手放したんだと。それと同じ理由で、ジョンを手放すのが利己的でないやり方だと彼女は固く信じています。ジェンナがどうしてそういうふうに感じるのか、ぼくにもある程度はわかります。ただし、視力が戻る可能性がまったくない場合にかぎりますが」

アヴェリーはため息をついた。「移植には拒否反応の危険がつきまとうし、たとえ、手術が成功しても、何年かたつと病気が再発する可能性もある。その場合には、ジェンナは再移植を申請できる」

少なくとも、いくらか話の筋が通りはじめた。

「子どもが同じ病気になるかもしれない点について、ジェンナがひどい罪の意識を抱いているのではないかということも、ぼくは感じています」

「眼科の専門医の話では、家族史を広く調べないとそれがわかる方法はないそうだ」

「それで、ぼくの話のポイントに戻るんです。あなたには、ジェンナの母親をつきとめるお金も手段もある。これまでどうして捜してみようとしなかったんですか？」

「何年か前に試みたが、結果は、母親はジェンナの目が悪くなりはじめるよりもずっと前に亡くなったとわかっただけだった」

「それでは、あなたは母親がだれなのか知っているんですね？」

「養子斡旋《あっせん》の機関によれば、アトランタで路上暮らしをしていた麻薬漬けの女だったそうだ。ジェンナの父親がだれなのか彼女はまったくわからなくて、今日にいたるまでその点は謎《なぞ》のままだ。しかし、その女が盲目でなかったことはわかっている。彼女はどうしようもない生き方をした人間で、そのせいでジェンナが生まれてから二年後に亡くなった」

そんな情報を隠そうとしたアヴェリーの動機が、前よりずっとはっきりしてきた。さらに、理解できるものにもなった。アヴェリーの理屈には賛成できないとしても。「あなたはジェンナを守ろうとしていたんですね」

「そうだ。そして、今は、おそらくそれは過ちだったと気がついている」

「手遅れにならないうちにジェンナに話せば、過ちは正せます」

「ジェンナがこれ以上の悪い知らせに耐えられるかどうか、わたしにはよくわからないんだ」

ローガンは、ジェンナと出会った最初の日にその点を話し合うべきだったと思った。しかし、今はよそう。「醜いことのすべてに触れなくても、少なくとも、母親は盲目ではなかったとジェンナに請け合うことはできるでしょう」

「わたしはあらゆることを解決する手段を持っているのかもしれない。妻とわたしがジェンナを家に連れてきたとき、斡旋機関が母親からの手紙を添えてくれた。立派な手紙ではなかったが、ジェンナを養子に出そうと決めた理由を説明し、子どもを手元におきたいができないと書いてあった」

信じられない。「ジェンナはその手紙を読んだことがないんですね？」

「ない。何度も渡しかけたが、わたしは踏みきれなかった。ジェンナを傷つけたくなかった」

娘が何を求めているのか知りもしないでと、ローガンはアヴェリーをどなりつけたい気分だった。「今、本当のことを話さないと、長い目でみれば、あなたはさらにひどくジェンナを傷つけることになるかもしれませんよ」

「わかっている。ローガン、きみには理解できないかもしれないが、わたしがジェンナにしたことは、何もかも彼女を愛しているからこそ、そうしたんだ。賢明だったにせよ、おろかだったにせよ」

アヴェリーが気づいている以上に、ローガンはその点は理解していた。実際、ローガンがこれからしようとしていることもジェンナへの愛情から来ているのだ――母親の知恵で認めざるをえなくなるまでは否定しようとしていた愛情から。「ジェンナは今、どこにいるんですか？」

「物を考えたくなったときに、いつもあの子が行く場所だ。母親の庭だよ」

午前も半ばの空に日が高く昇り、日差しが耐えがたくならないうちに家に戻らなくてはとジェンナは感じた。そう思いながらまだ鉄のベンチから腰を上げず、ばらの香りと、彼女が〝ママ〟と呼んだ女性の思い出に浸っていた。自分を産みはしなかったかもしれないけれど、豊かな愛情を注いでくれた人だった。

かくれんぼをしに母とその庭によく来ていたころのことを思い起こした。ジェンナ自身もジョンと続けた伝統の遊びだった――まだ子どもを目で見守ることができたころ、歩けるようになってまもないジョンとふたりで。これまでのどんなときよりも今、振り払えないさびしさや混乱をやわらげるために母の肩にすがって泣きたくてたまらない。父は努力している。それは認めるが、母と同じではない。父の心はあるべき場所にあるけれど、父には、自分が娘をすべてから守るわけにはいかないということがわかっていない。さらに、みんなにとっていちばんいいことを決められるのは娘だけだということも。

足音が響いて、ジェンナの物思いはふいにとぎれた。だれだかわからないが男性だと思わせる、どっしりとした足音だった。父が仕事に出かけたのはたしかだし、庭の手入れの係は木曜日には来ない。屋敷を囲むハイテクの警備システムをすり抜けて、危険人物が侵入してきたとも思えなかった。「だれなの？」

「ローガンだ」

もし、ローガンが名乗らなくても、彼が近づくうちに、ジェンナは勘づいただろう。

「座ってもかまわないかな？」

たぶん、断るべきだったのだろうが、ジェンナはかまわないと思った。帰ってと言うべきだったのだろうが、言えなかった。「お好きなように。なんのために来たのか言って」

ローガンはジェンナの横に腰を下ろした。ジェンナの衰え続ける視野には、おぼろな人影として映った。それでもやはり、ローガンの存在はなぜか心を慰めるものだった。

「あることについてきみと話す必要があるんだ」

「電話をかけられたじゃないの」ローガンと別れたときに言ったことばとは裏腹に、ジェンナは電話をかけてもらいたくてたまらなかった。自分を説き伏せる最後のささやかな試みを待ちこがれていた。

「先方に邪魔をする父親がいると、電話で人をつかまえるのは簡単じゃないよ」

「あなたは電話をかけたの?」

「けさ電話した。きみにはぼくに話すことは何もないとお父さんは言い張ったが、そのあと、ぼくたちは長い間、話し合った。そのうちにお父さんから、きみが移植を受けないつもりでいると聞いたんだ」

それでわかった。ローガンは父に呼ばれたから来たのだ。「なるほど。お抱えの救いの騎士が、手術を受けるようにわたしを説き伏せにやってきたのね。わたし自身が受けたいのかどうかよくわからない手術を。目が見えないよりももっと悪いことはいろいろあるのよ、ローガン」

「それは認める。とりわけ、きみが悪いことに神経を集中しすぎているために、いいことが見えない場合にはそうだね」

「わたしはただ、わたしの人生は、どうやら自分ではできない決断の連続だとみなしているのよ」

「じゃあ、手術をキャンセルするかどうか、きみは完全に気持ちが決まっているんじゃないんだね」

ジェンナはうなずいた。「このごろのわたしは、気持ちがはっきりしないことが多いの」

昼も夜もローガンに恋いこがれていることは別だ。今現在さえ胸がうずくほど思っている。

「ジェンナ、ぼくはきみを説き伏せて何かさせるために来たんじゃない。そんなことはぼくの立場ではないし、お父さんの立場でもない。ただ、ぼくは、あるものをきみに向かって読むために来た」

「なんですって?」

「お父さんが、ずっとずっと前にきみに渡すべきだった手紙だ」

ここまでのところ、ローガンはジェンナの混乱を少なくするのになんの役にも立っていない。「さっぱりわからないわ」

「きみの生みの母親からの手紙だ」

わたしの過去というパズルにはめこむピースを、今この人は差しだそうとしているのだ。

そう気づいたとたんに、ジェンナはありとあらゆる感情に襲われた——怒り、衝撃、悲しみ、たぶん恐れさえ。でも、何年もの間、知りたくてたまらなかったことは知らなくてはならない。「読んで。聞くわ」

かわいい赤ちゃん
今日、わたしはこれまででいちばんつらいことをします。知らない人たちにあなたを渡します。わたしはあなたを自分の元におくことができません。まだ十七歳で、仕事もないので。あなたのパパはいい人ですが、テキサスの自分の家に帰りました。わたしにはずっと家がないから、わたしは家に帰れません。
あなたの新しい両親は、お金をたくさん持っていると聞いています。いいことですが、その人たちがあなたに愛情もたくさん与えてくれるといいと思います。それが、いちばん大切なことですから。わたしにはわかるのです。わたしは愛情を与えられたこともなかったので……

ローガンは間をおいて咳払《せきばら》いをし、彼自身も手紙の内容に心を動かされていることがジェンナにはわかった。

……それに、これから毎日一生、わたしはもっと努力する勇気がなかったことで自分を憎むだろうということもわかっています。でも、何があっても、いつでもあなたのことを考え、いつまでもあなたを愛することを約束します。

どうぞわたしを許してください。

あなたの本当のママ、
キャロル・アン

今ジェンナは、想像するだけだった母の顔に、その名前を手に入れた——キャロル・アン。

涙がどっとあふれて、ジェンナは口がきけなかった。まったく知らない母を思う涙だった。自分を産んだとき、まだ子どもにすぎなかった女性、なんらかのわけがあって、愛情というものを知ることのなかった女性だ。

ローガンは自分の横にジェンナをぴったりと引き寄せて、彼女が心から求めていた慰めを与えた。いくらか落ち着きを取り戻すにつれて、ジェンナのぼんやりした頭にさらに多くの疑問が湧《わ》いた。「どうして今なの、ローガン？　どうして、最初にわたしが生みの母のことを父にきいた十年前じゃなかったの？　そうでなければ、なぜ、ジョン・デイヴィッドを身ごもった四年前に見せてくれなかったの？」

「アヴェリーはきみに知られたくなかったんだ。きみの実の母親がひどい生まれで、いくつものホームから逃げだした子どもだったなんて。きみを産んでから二年後に麻薬の過剰摂取で亡くなる日までずっと、彼女の人生はめちゃめちゃだった」

これまで以上のショックを今になって受けることなどありえないと、ジェンナは思っていたが、それは間違いだった。「わたしがその人に会うチャンスは絶対にないのね。それに、彼女が発病していたか、それとも、たんに潜在的に病気の因子を持っていただけなのか、それを知る方法もないわ」

「実のお母さんが、目が見えなかったという理由できみを手放したのではないのは、たしかにわかったじゃないか。それに、生きていたら、彼女はきみを手放したのを後悔したに違いないこともわかった。息子の親権をデイヴィッドに全面的に譲ると言うなら、きみは生みの母親と同じことをする危険を冒したいのか？」

ジェンナには話の行き先がはっきり見えた。「このことで、ジョン・デイヴィッドに対するわたしの立場が変わるわけじゃないのよ、ローガン。やはり、デイヴィッドは、わたしが与えられないものをあの子に与えられるんですもの」

「デイヴィッドはきみ以上に子どもを愛することはできないよ。それに、ジンジャーもあの子の母親としてきみの身代わりになることはできない。たとえ、きみの育てのお母さんは、ちゃんとそうしてくれたときみが考えても。違うのは、きみはきみの生みの母をまったく知らなかったという点だ。ジョン・デイヴィッドはきみを知っているし、きみがどう言おうと、きみのことを忘れていない。さらに、これからも、きみ自身があの子の人生から自分を消さなければ、ずっと忘れないさ」

ローガンの口から出ると、すべてがとても理にかなっているように聞こえた。「あの子の人生からわたしを追いだそうとしたのはデイヴィッドなのよ」

「じゃあ、彼と闘うんだ。何がなんでも。息子のために闘うことだ」

ローガンの頑とした口調が、ジョンの成長の過程を今以上に見られなくなり、後悔の年月を送ることになりそうな見通しと一緒になって、ジェンナの決意をあおり、絶対にしてはならないはずの決断をうながした。「あなたの言うとおりよ。わたし、デイヴィッドと闘うわ。わたしは、自分の子どもが大きくなったとき、そばにいたい」そう言ってもなお、ひとつの問題が行く手に見えた。「だけど、やっぱり現実を見ましょう、ローガン。もし、訴訟になったら、デイヴィッドには最高に強い論点があるわ——ふた親がそろっている家庭という点よ」

「ぼくたちだってあの子にそれを与えられるさ」

ジェンナのショックのメーターは、ここで針が振りきれた。「何を言っているの?」

ローガンはジェンナの両手を自分の手の中に包んだ。「きみと結婚したいと言っているんだ」

ローガンのプロポーズは完全に突拍子もなかった。それに、イエスと言いたいジェンナの衝動も同じだった。しかし、人間の心がかかわるときには、いつでも理性が優位に立つわけではない。「わたしたちは認めているじゃないの。あなたが子どものために結婚することはないって」

「ぼくたち自身のために結婚するのならどうだ？」

「結婚という関係に飛びこむほど、わたしたちは本当におたがいをよくわかっているかしら？」

「考えてくれ、ぼくたちはそれぞれに、結局は破綻《はたん》した長い関係に身をおいていた。約束は危険な賭《かけ》になることもあるかもしれないが、ぼくたちは違う。ぼくたちの場合はうまくいくとぼくは心の底でわかっている」

「どうしてわかるの、ローガン？　どうしてそんなに自信が持てるの？」

ローガンはため息をついた。「ヘレナとの経験の後、ぼくは結婚についてはほとんどあきらめていた。二度と恋をしないだろうとも思っていた。だけど、今のぼくはこうだ、結婚する気があるどころではなくて、とっくの昔にきみを愛していると言うべきだった」

ローガンが本当に心のこもった口調でそう言ったので、ジェンナは彼のことばをほとんど信じかけていた。「あなたはまだわたしのことをほんの少ししか知らないのに、どうしてそんなことが言えるの？」

「ぼくはきみがトーストを焦がすのを知っている。眠っているとき、唇を震わせるのを知っている。きみの政治的立場や、どこの学校に行ったか、何が怖いかも。夜はベッドの半分以上を占めるのが好きなこと、食べ物の好み、花の香りのするシャワー用のジェルが大好きなことを知っている。ぼくたちが抱き合うとき、きみがどんなことを本当にすごくよろこぶかも。それに、きみが、ぼくがこれまでに知った女性の中で、最高に石頭で自立心が強くて、セクシーなことも知っている。もっと続けてもらいたいかい?」

涙がこみあげそうになりながら、ジェンナは声をあげて笑った。「お願い、やめて。あなたって、ときどき、わたしがラッシュアワーの渋滞みたいにうんざりした女に聞こえるようなことを言うのよね」

「でも、まだひとつ、ぼくにはわからないことがある」

急にまじめになったその口調と合った表情を見つけようとして、ジェンナはローガンの顔を手でなでた。「なんなの?」

「きみがぼくについてどう感じているのかがわからない」

ジェンナはローガンの唇をかすめるような軽いキスをした。「わたしは、あなたがわたしと同じぐらい頑固なのを知っているわ。あなたがベッドの半分以上を占領することも。あなたの生い立ちについても同じようにこまごました断片的なことを知っている。わたしたちが抱き合っている間に、あなたがあの動物的な低い声をもらしたら、どういうことになるのかも。それから、あなたがお母さまを愛し、尊敬していること、それには大きな意味があるということも知っているわ。もっと大切なのは、あなたがわたしのお化粧を落としてくれた瞬間、あなたを愛しているとわかったことよ」

「へえ、そうなのか？」

「ええ、そうよ」

「それなら、ぼくたちは絶対に結婚する必要があるよ。まだ欠けているすきまを埋められるように」

今度はジェンナが真剣になる番だった。「ローガン、わたしたち、急いではいけないわ」

「そのことだったら、ぼくは、明日結婚するべきだとか、来月とか言っているんじゃない」

「よかったわ。わたしは移植手術のあとまで待ちたいから。自分が結婚する男の人を見られるように」

「きみはもう、ほかのだれよりもよく、その男の中にあるものを見抜いているよ、ジェンナ」

ふたりは座ったまま長いキスを交わした。その庭は、ローガンが初めてジェンナにキスしようとした直前に照明に邪魔された場所だった。そして、今また、太陽がまったく同じ悪さをしていた。

ジェンナはしぶしぶ体を離した。「光が——」

「目を痛めるんだね。ぼくが気づくべきだった。どっちにしても、きみは家に入って、旅行の荷物をまとめなくては」

ローガンは本当に人を驚かせることばかりする。「なんの旅行?」

「きみの荷造りがすみしだい、ぼくたちが一緒に出かける旅行さ」

「どこに行くのか教えてくれなくては、どんなものを詰めたらいいのかわからないわ。ハイキングシューズは持っていくべきなの?」

「いや、キャンプに行くんじゃないから。それに、ドライブもしない。飛行機で行くんだ」

飛行機ということばだけでジェンナは不安になった。「ローガン、わたしは空を飛ぶのは大嫌いなの。目がすごく悪くなって以来なのよ。人がぎっしりいる場所や狭い通路がいやなの。それに——」

「ぼくたちが乗るのはジェットのチャーター機だし、ぼくがずっときみの手を握っている。きみとぼくと広々とした空だけだ。それに、コックピットにいる、経験を積んだパイロットふたりと。とちゅうで退屈した場合には、寝心地のいい折りたたみのソファもある」

よけい退屈するんじゃないかしらと、ジェンナは思った。

「あなたはどうして飛行機のことをこんなになんでも知っているの?」

「ぼくは送迎サービスのビジネスにたずさわっているんだよ。しかも、ぼくはその飛行機の持ち主でもある。というか、その半分を持っていると言うべきかな。きみのお父さんがもう半分を持っているんだ」

人生でもっとも大切なふたりの男性がふたたび一緒に仕事をするようになる以上に、ジェンナにとってうれしいことはなかった。「じゃあ、あなたと父は、結局は和解したのね？」

「ぼくたちはそこに向かっている」

「そこに向かうと言えば、いったいわたしたちは正確にどこに行くの？」きっぱりとつけ加えた。「びっくりさせるとは言わないでよ」

「アヴェリーから手紙を渡されたとき、ぼくたちはきみの離婚の条件についてもあらためて目を通したんだ。共同の親権についての条項によれば、デイヴィッドは、ジョンをきみの元に帰らせる期限にもう何カ月も遅れている。たとえ、移植がすむまでジョンは向こうにいることにきみが同意したとしても、それは取り消せる。だから、手術とは関係なく、きみがジョンを家に連れていく準備ができているとデイヴィッドに知らせれば、デイヴィッドがぼくに言った彼は道理をわきまえた人間だということが、本当かどうかわかる」

そうしたいと思う気持ちはあるが、ジェンナにはまだためらいがあった。「もし、ジョンがわたしたちと一緒に来るのをいやがったらどうなるの？」

「ジェンナ、ジョンは船に感動したんだよ。いつでも飛びたいときに飛べる飛行機のことをあの子がどう感じると思う？　飛行機の中で何が手に入るのかは言うまでもなく」

「男の子ならだれでも知っている、スポーツ・チャンネルが全部見られるワイドスクリーンのテレビがあるとか？」

「お母さんさ」

ローガンが心から自分を愛しているかどうか、それまでジェンナの中になんらかの疑いがあったとしても、そんなものはすべて追い払われた。「あなたって本当にすばらしい人ね、ローガン・オブライエン」

「きみは本当にすごい女性だよ、ジェンナ・フォーダイス」

ローガンが自分にとってどれほど大きな存在か言い表すことばがなかったので、ジェンナはいちばん深い意味を持つ短い表現で間に合わせた。「あなたを愛しているわ」

「ぼくもだよ。それから、まだ言っていなかった小さな条件がひとつだけある。もし、きみが三カ月以内に手術を受けなくても、とにかく、ぼくたちは結婚するんだ」

「どうして？」

「ことばのままに取ってくれ。ぼくの家族の間では三カ月というのはラッキーナンバーなんだ」

エピローグ

三カ月後

この五分間、ジェンナはホテルの大広間のテーブルの脇《わき》に立つ男性を見つめることしかできなかった。数時間前に母の庭で家族と親しい友人たちに囲まれて結婚したばかりのすばらしい男性を。二カ月ほど前に角膜移植を受けたとき、最初に目にした顔でもある。次に見たのは子どもの顔だった。今、ジョンはジェンナとローガンが前の月に買った家で幸せに暮らしている。二階建てのきれいな家で、広い裏庭と木がたくさんあり、無数の花々が咲いている。

ジェンナの視力はまだ完璧《かんぺき》ではないが、新しいコンタクトレンズのおかげで、イメージしていたローガンの姿が本物とはかなり違っていたことがわかる程度には、はっきり見えるようになった。ローガンの目は、ジェンナがいつも胸に描いていた早朝の空の色よりもっと青く、髪は、彼と出会う前は恐れていた夜のように黒々としている。笑顔は、魅力たっぷりなえくぼを見るために女性たちが何かおかしなことを言おうとやっきとなるほどすばらしい。でも、ジェンナは、特別なまなざしを向けるだけでローガンから笑顔を引きだすすべをもう心得ていて、彼と視線が合った今、そのまなざしを送った。

ローガンが手を差しだすと、ジェンナは広間を横切っていった。日ごとにますます愛するようになっている男性に近づくジェンナの足取りはしっかりとしていた。

ローガンはジェンナを片腕で抱き、彼女のほおにキスをした。「どこにいたんだ?」

「わたしが間違ってキーランだと思っていたケビンと話していたの。あなたがどうやってあの人たちを区別するのかわからないわ」

「しばらく身近にいれば、わかるようになるよ。キーランは、まともなアドバイスをするほうだ。ケビンは、もし、きみがぼくにあきたら、きみを外に誘うと思うよ」

ジェンナはローガンの脇腹を肘でつついた。「わたしは絶対にあなたにあきたりしないし、ケビンだって、そんなにひどい人のはずはないわ。本当のところ、彼はとても思いやりがあって魅力的よ」

ローガンはジェンナの後ろのほうを見やって笑った。「あいつはきみの友だちのキャンディスに魅力をふりまいているようだよ。きみは、彼女に用心するように言いたいんじゃないかな」

「キャンディスは自分の面倒は自分で見られるわ」ジェンナはそう言いながら、広間の前のほうで椅子の上に立っているダーモットに目を留めた。彼を支えるには頼りない椅子のように見えた。「ローガン、お父さまはみんなの注意を引こうとしているんだと思うけど」

ローガンは大きくにっこりした。「覚悟するんだね。父がぼくたちのために乾杯しようとしているんだ」

ちょうどそのとき、ジョンが人々の間を押し分けてジェンナの足元に駆け寄った。「ママ、もっとケーキを食べていい？」

ジェンナは体をかがめて、ジョンの口の端についたチョコレートを拭《ふ》き取った。彼の小さなタキシードの胸とジェンナのサテンのウェディングドレスのスカート部分にも同じものがついている。どうやらジョンは、食べ物を身にまとうという母親の傾向を受け継いだらしい。「それは、ダーモットおじいちゃまが乾杯《トースト》をすませてからにしましょうね」

ジョンは顔をしかめた。「ぼく、トーストはほしくない。ケーキがほしいの」

ローガンは笑った。「おいで、もっとよく見えるように肩車してあげるから」

ジョンはためらいもなくローガンのことばに従い、ジェンナの息子と新しい夫との間にすでにしっかりした絆《きずな》が築かれていることを示した。ジェンナは、ローガンがデイヴィッドの身代わりになることはけっしてできないし、彼もそんなことをしようとしないと認めている。それでも、彼は、妻とその子どもとの寄り合い家族の中で、なくてはならない一員として役割を果たすに違いないということもわかっている。

ローガンがジョンを肩の上に乗せると、三人の新しい家族はダーモットのほうを向いた。ダーモットは、ヒューストンじゅうの猟犬を目覚めさせられるほどのけたたましい音で指笛を鳴らしたところだった。

ルーシーはローガンとジェンナにシャンパンのグラスを渡し、ジェンナのもう一方の横に立って彼女のウエストに腕をまわした。「前もっておわびしておくわ、あの人が口走りそうなことに対して」

ダーモットが何を言いだすのかジェンナにはよくわからなかったが、おもしろいのは間違いないと思った。

「お集まりのみなさん」ダーモットが口を切った。「わたしたちは今日ここに、われわれの身内に新しい若い女性を歓迎するために集いました。さらに、新しい孫もです。そして、このおめでたい機会に、わたしは、幸せなカップルにほんの少し言いたいことがあります」

「これが一晩じゅうかからないといいんだが」ローガンはぶつぶつと言い、母にとがめるような目を向けられた。

ダーモットはジェンナとローガンに向けてグラスを掲げた。「わたしの、三番めの息子のローガンに。おまえは、見た目がきれいなだけではなく心もきれいな女性を選んでわたしたちに名誉を与えてくれた。それから、美しいジェニーに。とうとうあなたが、ローガンの中に身内には前からわかっていたものを見て取ってくれてわたしはうれしい――強い心と、女性についての父親譲りの好みのよさを備えた善良な男をね。それに、わたしがどんなにハンサムな男かあなたがやっと見られるようになって、とりわけ満足している」

笑い声がはじけたあと、ダーモットはふたたびグラスを軽く叩《たた》き、まじめな表情になった。「さて、今から、わたしのアイルランドの先祖たちから送られてきた祝福のことばを伝えます。ジェニー、ローガン、そして、小さなジョニー、あなたがたに不幸は少なく、恵みは豊かにありますように。敵を作るのは遅く、友はすばやく作りますように。そして、今日から先、幸せしか知りませんように」

人々は大声ではやしたて、ダーモットは拍手喝采《かっさい》に応《こた》えて頭を下げた。バンドがロマンティックなバラードを演奏しはじめると、ローガンはジョンを床に下ろし、ジェンナと自分のシャンパングラスを母に返して、ジェンナの手を取った。ところが、ふたりがダンスフロアに出る前に、ジェンナの父がさえぎった。

「ローガン、わたしはこのダンスを娘と踊りたい。きみがよければ」

ローガンはジェンナを見やった。「ぼくはいいですよ」

父と踊った昔のダンスを思いだして、ジェンナは笑った。「もちろん、いいわ。パパが、わたしが五歳のころみたいに、パパの足の上に立つのを期待しているのでなければね」

アヴェリーも大きくにっこりした。「ハイヒールをはいているおまえに、そんな期待はしないさ」

ローガンが手を放すと、ジェンナは父についてダンスフロアに行き、いっとき、父の顔をしげしげと見た――闇《やみ》の中で過ごしていた間、見られなくてさびしかったが、忘れたことはけっしてなかった感じのいい顔だ。「今夜のパパは、前よりさっそうとして見えるわ」

アヴェリーは娘を少し離してくるりとまわすと、腕の中に抱き入れた。「ジェンナ、おまえは絶世の美人だ。お母さんがここにいて、おまえがどんなにすばらしい女性になったか見られたらと思うよ」

父の声がかすかに震えているのに気づいて、ジェンナはのどのつかえを懸命にのみこんだ。「ママがいないのをパパがどんなにさびしく思っているか、わかっているわ。それに、わたしがもう家にいなくなるのが、パパにとってどれほどつらいことになるかも。でも、パパがしじゅう会いに来てくれるのを待っているわ」

「わたしはだいじょうぶだよ、ダーリン。おまえが幸せだとわかるかぎり」

ジェンナは自分のうれしさをどう言い表したらいいかわからなかった。「わたし、幸せよ。ローガンはいい人だし、わたしを愛してくれているし」

「わかっている。それから、わたしはおまえに謝りたいことが……」

ジェンナは父の唇に指を押しあてた。「パパは何も謝る必要はないわ。わたしのほうがパパにお礼を言いたいわ。女の子が望めるかぎりの最高にすばらしい父親であることに対して」

アヴェリーは背をかがめて娘のほおにキスをした。「愛しているよ、ダーリン」

「わたしもよ、パパ」

長い間抱きしめた後、アヴェリーは娘をローガンの元に連れ戻した。「ジェンナを大切にしてくれ。この子は天の恵みだ」

「任せてください」

ふたりでダンスフロアに戻ると、ローガンはジェンナをぴったりと抱いてささやいた。「ここから抜けでる準備はできているかい？」

ジェンナの気持ちも間違いなくその方向に向かっていた。「もう少し待つべきかもね」

ローガンは明らかにがっかりした顔をした。「きみをベッドに入れるのが待ち遠しいよ」

「アーカンソーまでまだ長いドライブがあるのよ」キャンプ旅行のハネムーンなんていやだという花嫁はいるかもしれない。でも、ジェンナは違った。ローガンとの新しい人生を、ふたりが固い友情とわくわくする未来の基礎をおいた場所で始めるのはふさわしいことだと思った。

「ぼくたちは今夜はアーカンソーに行かないよ」ローガンが言った。「上の階に部屋を取った」

それこそジェンナのローガンだ。いつも人を驚かせることをする。「わたし、バッグをジープにおいてきたわ」

「服は要らないさ」

「そのとおりね。でも、あなたも荷物を持っていないのなら売店に寄らなくてはね。そうでないと、わたしを妊娠させる危険を冒すことになるわ」ジェンナはローガンのタキシードの襟を手でなでた。「それとも、わたしたち、そんなことは気にしないで赤ちゃんを作ってもいいけれど」

やっと、ジェンナもローガンをたっぷり驚かせた。「考えてなかったよ、きみが――」

「わたしがもっと子どもをほしいと思っていたなんて？　遺伝学の専門家から説明を受けたときに気が変わったの――わたしたちの子どもが病気を受け継ぐ可能性はほとんどないし、ジョンについても同じだって」ローガンが何も答えずにジェンナを見つめているので、ジェンナはつけ加えた。「もちろん、あなたがほしくないと決めたのなら――」

ローガンはジェンナにやさしくキスをし、にっこりした。「ぼくは、きみに赤ちゃんを与え、ジョンに弟か妹を与える以上にうれしいことは考えられないよ。ジョンはもう少なくとも五回は、弟か妹がほしいと言っているんだよ。それに、だれかに先を越されないうちに、父と母に次の孫を持たせられたら、ぼくは最高にうれしい」

ジェンナは、ダンスフロアでそばに寄ってきたカップルのほうに頭をかたむけてみせた。

「デビンとステイシーがもうわたしたちの先を行っていると思うわよ」

ローガンは、兄と義姉をちらりと見やってからジェンナに目を戻した。「きみは何か、ぼくが知らないことを知っているのかい？」

ジェンナは肩をすぼめた。「噂《うわさ》を聞いたの。だけど、広めないでね、まだ正式の話じゃないから」

ローガンはおもしろくない顔をした。「もし、ぼくがプロポーズした直後にぼくたちが結婚していたら、今ごろは、きみに子どもができていただろうに」

「たぶんね。でも、わたしは、誓いのことばを交わすときにあなたの顔が見られなくてさびしい思いをするのはいやだったと思うわ」それに、ずっと感じていたローガンの愛情をついに彼の目の中に見ることができなかったとしたら。「今は、移植の効果が続いて、わたしが、あなたや子どもたちをずっと見ていられるように祈りましょう」

ローガンは足を止めて、ジェンナと視線を合わせた。「とんでもないことだが、もし、移植に何かが起きた場合のために覚えていてくれ。どんなに長くかかっても、ぼくがきみの目になる」

ローガンならそうしてくれるとジェンナは信じられた。それに、未来に何が待っていても、ローガンの愛情はいつまでも変わらないだろうということも。二度とふたたび、ひとりぼっちで目覚めることも、ひとりぼっちでベッドに入ることもないとわかっている。

そして、ジェンナは心に誓った。いちばん大切なものを見る目を絶対に失わないようにしようと――友情、家族、それに、わたしを放さないけれど、わたしがわたしでいられなくなるほど束縛しない、なみはずれた男性の愛情を。

そのすべてを、ジェンナはローガン・オブライエンの中に見つけていた。そして、さらにもっと多くのものを。

＊本書は、2008年4月に小社より刊行された作品を文庫化したものです。

心《こころ》の瞳《ひとみ》で見《み》つめたら

2022年4月15日発行　第1刷

著　者　クリスティ・ゴールド
訳　者　原《はら》 淳《じゅん》子《こ》
発行人　鈴木幸辰
発行所　株式会社ハーパーコリンズ・ジャパン
東京都千代田区大手町1-5-1
03-6269-2883（営業）
0570-008091（読者サービス係）
印刷・製本　中央精版印刷株式会社

定価はカバーに表示してあります。
造本には十分注意しておりますが、乱丁（ページ順序の間違い）・落丁（本文の一部抜け落ち）がありました場合は、お取り替えいたします。ご面倒ですが、購入された書店名を明記の上、小社読者サービス係宛ご送付ください。送料小社負担にてお取り替えいたします。ただし、古書店で購入されたものはお取り替えできません。文章ばかりでなくデザインなども含めた本書のすべてにおいて、一部あるいは全部を無断で複写、複製することを禁じます。®と™がついているものはHarlequin Enterprises ULCの登録商標です。

この書籍の本文は環境対応型の植物油インクを使用して印刷しています。

Printed in Japan © K.K. Harpercollins Japan 2022

ISBN978-4-596-42792-2

mirabooks

悲しい罠
スーザン・ブロックマン
葉月悦子 訳

夫を殺して財産を奪う連続殺人犯〝ブラック・ウィドー〟を追う囮捜査官ジョン。次の獲物として認知されるため、容疑者の友人マライアに近づくが…。

10年越しのラブソング
スーザン・ブロックマン
神鳥奈穂子 訳

最近ジムで見かける男性が気になっている弁護士のマギー。ある日高校時代の友人マシューから仕事の依頼を受けるが、再会した彼こそ気になっていたあの男性で…。

淡い夢のほとりで
キャット・マーティン
高科優子 訳

少女が男に連れ去られる夢を繰り返し見ていたオータム。それが6年前の有名実業家ベンの娘の失踪事件だと知った彼女はベンとともに事件を追うが…。

眠らない月
ヘザー・グレアム
風音さやか 訳

歴史ある瀟洒な邸宅の奇妙な噂を調査しにやってきたダーシー。依頼者のマットとともに真相を追うが、ある晩見た夢をきっかけに何者かに狙われはじめ…。

霧のぬくもり
ヘザー・グレアム
風音さやか 訳

祖父が遺した家に移り住んだクリスティナの前に、連続殺人の罪を着せられ死んだ男の幽霊が現れた。元刑事で初恋の相手ジェドとともに事件の真相を追うことに。

カムフラージュ
リンダ・ハワード
中原聡美 訳

FBIの依頼で病院に向かったジェイを待っていたのは、全身を包帯で覆われた瀕死の男。元夫なのか確信を持てないまま、本人確認に応じてしまうが…。